中华先锋人物
故事汇

瞿独伊

永远的旋律

QU DUYI
YONGYUAN DE XUANLÜ

严晓萍 著

党建读物出版社　

图书在版编目（CIP）数据

瞿独伊：永远的旋律／严晓萍著．—南宁：接力出版社；北京：党建读物出版社，2022.12

（中华人物故事汇．中华先锋人物故事汇）

ISBN 978-7-5448-7896-8

Ⅰ.①瞿… Ⅱ.①严… Ⅲ.①传记小说-中国-当代 Ⅳ.①I247.5

中国版本图书馆CIP数据核字(2022)第163291号

瞿独伊——永远的旋律

严晓萍 著

责任编辑：	朱晓颖 刘 靖
文字编辑：	王雅梦
责任校对：	李姝依 高 雅
装帧设计：	严 冬　美术编辑：高春雷
出版发行：	党建读物出版社 接力出版社
地　　址：	北京市西城区西长安街80号东楼 （邮编：100815）
	广西南宁市园湖南路9号 （邮编：530022）
网　　址：	http://www.djcb71.com　http://www.jielibj.com
电　　话：	010-65547970/7621
经　　销：	新华书店
印　　刷：	北京科信印刷有限公司

2022年12月第1版　2022年12月第1次印刷
787毫米×1092毫米　32开本　4.5印张　70千字
印数：00 001—10 000册　定价：22.00元

本社版图书如有印装错误，我社负责调换（电话：010-65547970/7621）

目 录

写给小读者的话 ············ 1

小小的蓓蕾 ··············· 1

亲爱的"好爸爸" ·········· 9

小小"革命者" ············ 15

难忘的欢乐时光 ·········· 23

父女情,两地书 ·········· 29

好爸爸,您在哪里? ······ 41

与妈妈重逢在莫斯科 ······ 47

身陷囹圄 ················ 55

拥抱光明 ················ 61

志同道合的革命伴侣·········67

让世界听见中国的声音·······73

火车上的新闻稿···········81

"八大员"·············89

在暴雨中前行···········95

忘我地工作············103

在低谷中昂着头·········111

随着音乐起舞··········119

永远的旋律——《国际歌》···127

写给小读者的话

亲爱的小读者们,你们有没有听过这样一首歌:

爸爸妈妈和我的家,是世界上最幸福的地方。
我喜欢趴在窗台,等着你们下班回家。
每天当我离开家的门,身后是你牵挂的眼神。
这眼神给我平安的祝愿,家是我永远的港湾……

看到歌词的同时,你们一定会说,我也有一个温暖幸福的家,像歌词里写的那样,爸爸妈妈陪伴着我慢慢长大。

可是,你们知道吗?很多年前,在满目疮痍的旧中国，战乱、贫穷、疾病等原因导致许多家庭支离破碎。一些孩子的爸爸妈妈为了更多的小朋友能拥有一个完整幸福的家，毅然选择离开自己的孩子，背井离乡，奔赴沙场，英勇战斗，舍生忘死。

小时候的瞿独伊就是这些孩子中的一个。

四岁时，她才被接到妈妈杨之华和爸爸瞿秋白身边。妈妈和爸爸都很疼爱她，但他们工作很忙，一家人聚少离多。六岁时，她和妈妈到莫斯科和爸爸团聚，但幸福的相聚时光是那么短暂。爸爸病情加重，要去更远的地方疗养，妈妈无暇照顾她，只好把她送到国际儿童院。她在国际儿童院度过了大部分童年和青少年时光，爸爸妈妈节假日才能抽时间来看她。而在她十四岁时，爸爸英勇就义，永远离开了她和妈妈。

虽然瞿独伊不能在爸爸妈妈的悉心陪伴和照料下成长，但是她在爸爸妈妈崇高信仰和坚定信念的影响下，坚强地长大，并成为和他们一样勇敢的共产主义战士。

好独伊,亲独伊!

小小的蓓蕾,
含孕着几多生命,
陈旧的死灰,
几乎不掩没光明。
看那沙场的血花灿烂,
经过风暴之后的再生,
谁道是无意中的赤化?
却是赤爱的新的结晶。

这是爸爸瞿秋白写给瞿独伊的小诗,寄托了爸爸对瞿独伊的无限期望。瞿独伊在六岁的时候,就和妈妈一起,掩护过赴莫斯科参加中国共产党第六次全国代表大会的革命同志;一九四九年十月一日,瞿独伊用俄语广播了毛泽东主席在开国大典上的讲话;一九五〇年三月,瞿独伊作为新中国第一批驻外记者,赴莫斯科建立新华社莫斯科分社。
……

瞿独伊的故事还有很多很多。亲爱的小读者们，请轻轻打开你手中的书，走进这位赓续红色基因的中国共产党同龄人的别样人生。

小小的蓓蕾

一九〇一年是中华民族近代史上最屈辱的一年。那一年,清政府被迫签订了丧权辱国的《辛丑条约》,中国彻底沦为半殖民地半封建社会。《辛丑条约》的签订,给中国人民带来了无比深重的苦难。

春节前夕,漫天的雪花被寒风裹挟着,飞扬在江南水乡——萧山的上空,无论大街小巷,到处都冷冷清清,没有一点儿迎接春节的忙碌和热闹景象。

而在萧山的杨家大院里,此时却洋溢着欢乐的气氛,因为,一个小生命诞生了。

这个哭声响亮的大眼睛女婴就是杨之华。

杨之华从小机灵可爱，聪明活泼，左邻右舍总喜欢亲热地喊她"小猫姑娘"。

"小猫姑娘"性子倔强，不喜欢顺从封建陋习。到了要缠足的年龄，思想落后的母亲三番五次要为她裹脚，她却每每哭闹不止。母亲拿她没有办法，只好任由她的双脚自然生长。

杨之华在村里村外玩耍，在田间奔跑，还会爬树登高，惹得乡邻们都说她像个"野丫头"。自由自在的山野吸引着活泼好动的杨之华，家中书房里的书籍更是让她心之向往。

杨之华想读书的愿望让母亲下决心要管束她的"野性子"。

母亲把杨之华关在屋里，不许她再往外跑，更不许她读书。要知道，在那个思想落后的封建年代，女子读书是非常少见的。可是，杨之华的倔强与坚持让她又一次战胜了千百年来禁锢女子的封建陋习。私塾先生被杨之华执着于读书的行为打动，悄悄地送给她一本《三字经》，时不时教她读几句。

第一次接触到书本的杨之华无比珍惜手里这本《三字经》，先生的教诲，她铭记于心，没过多久，她就把一整本《三字经》背诵得滚瓜烂熟。

一九一九年，五四运动爆发时，杨之华正在浙江省立女子师范学校（今杭州第十四中学）读书。国难当头，身为进步青年的她和同学们一起走出校园，走上街头，组织游行和演讲，以期唤醒民众，奋起救国。

第二年，听说上海的星期评论社要组织一批青年到苏俄去学习，一心向往新思想的杨之华立刻动身去了上海。但由于种种原因，她赴苏俄学习的愿望未能实现。之后，她就留在了星期评论社工作，在那里，她遇到了沈剑龙。

一九二一年一月，刚满二十岁的杨之华与沈剑龙结婚。年底，他们的女儿出生了，取名沈晓光。

女儿的出生给杨之华带来无尽的喜悦和希望。当时，她刚刚从上海女子青年会体育师范学校结束教书，回到萧山。

回到家乡的生活安稳舒适，女儿也带给她很多快乐，但这并没有减弱杨之华的救国热情。

一九二二年春天，为了追求新思想，寻求救国救民之路，杨之华放下舒适的生活，忍痛告别幼小的女儿，再一次来到上海，加入了中国社会主义青年团，并参加了萧山的早期农民运动。

一九二三年，杨之华进入上海大学社会学系读书。学习期间，杨之华对马列主义理论求知若渴。她追求进步思想、参加革命活动的积极态度，得到时任中共中央妇女部部长向警予的关注。之后，杨之华成了她的秘书。

在向警予的教导下，杨之华常常深入工厂，向女工们宣传进步思想、革命道理，鼓励女工们要打破束缚女性的封建礼教，争取改善妇女地位。

一九二四年，杨之华光荣地加入中国共产党，并在沪西纱厂担任工人夜校的教员。俗话说得好："道不同，不相为谋。"此时的杨之华与沈剑龙早已因"志不同，道不合"而分开。

一九二四年十一月，杨之华与她的革命领路人、入党介绍人瞿秋白结婚。革命工作紧张繁忙，危机四伏。杨之华和瞿秋白不畏艰险，并肩作战，积极进行革命斗争。

孩子是母亲永远的牵挂。

一有空闲，杨之华便开始思念幼小的女儿。瞿秋白看到杨之华郁郁寡欢的模样，就知道她又想女儿了，便敦促她回萧山探望孩子。可是，当杨之华风尘仆仆地赶回萧山，沈家却将她拒之门外，也不让她与女儿见面。

无可奈何的杨之华只能默默流泪，一步三回头地离开。

幸好，沈家夫人非常理解杨之华那颗为母之心。她悄悄领着杨之华走进沈家一个偏院的侧房里。在那里，杨之华终于见到了她日夜思念的女儿。

"您也是我的妈妈？那我是不是有两个妈妈了？一个在上海，不过她死掉了；还有一个，就是您。"杨之华紧紧抱着女儿时，女儿陌生又稚气的话语，令她顿时崩溃，痛哭不已。

无比伤感的杨之华回到上海。一进门，瞿秋白就看出她情绪低落，不用问也能猜出个八九分。瞿秋白一边宽慰她，一边表示一定会抽出时间，和她一起去萧山，把女儿接回身边来。瞿秋白认为，孩子是离不开母亲的，小小的蓓蕾怎能与花树分开？而且，他也一定会当一个称职的好父亲。

然而，当瞿秋白与杨之华回到萧山，来到事先约好的小山上，沈家好心的夫人把女儿悄悄抱来和他们会合时，尾随而来的沈家人就冲上前去，抢走了孩子。

看着啼哭不止的女儿渐渐远去，杨之华失声痛哭。瞿秋白的心也如刀割一般疼痛，他深知母女分离的痛苦。

几经周折，一九二五年，瞿秋白和杨之华终于把女儿接到了上海。此时，杨之华已经离开了上海大学，一直忙于工人运动，经常早出晚归。她每天深入工厂，和工人们一起劳动、学习，了解工人们和工厂的状况，给工人们做思想工作。繁忙的工作，让她无暇陪伴女儿。

瞿秋白非常支持杨之华的工作，他总是鼓励她要多向工人学习，让自己成为"大机器中的一颗小螺丝钉"，要牢记"人民群众的巨大力量"，在党的领导下为革命奋斗。

这样一来，照顾孩子的重任就常常落在瞿秋白肩上。瞿秋白性格温和，对孩子十分慈爱，耐心十足。无论多忙，瞿秋白只要有空就去幼稚园接孩子。回到家中，瞿秋白不仅陪孩子玩耍，逗她开心，还手把手地教她写字、画画，给她读书。他希望孩子长大后，能成为对国家有用的人。

瞿秋白如此疼爱孩子，孩子又如此依恋瞿秋白，他们在一起的样子，分明就是一对亲生父女！

于是，杨之华决定把女儿的名字改成瞿独伊，而小独伊也一直亲热地喊瞿秋白"好爸爸"。

亲爱的"好爸爸"

四岁之前的瞿独伊对妈妈的印象非常模糊,"妈妈"这个称呼对她来说,似乎是一个陌生的词。小小的她看到别人家小孩被妈妈抱在怀里,真的好羡慕!她想钻进妈妈温暖的怀抱里,还想听妈妈给她讲故事、唱摇篮曲,更想要妈妈给她扎小辫、穿花衣。

可是,爷爷和爸爸都告诉她,她的妈妈在上海死掉了。

但是,突然有一天,妈妈来看她了。

这个妈妈紧紧地抱着她,流着泪,亲着她的小脸蛋。妈妈的怀抱真温暖,妈妈的头发真好闻。

她紧紧搂着妈妈的脖子,不停地喊"妈妈"。

以前，她只能在心里默默地喊，因为她不知道该冲着谁喊妈妈。可是，妈妈像风一样来了又走了，她怎么也没能抓住妈妈的手，眼泪汪汪地被抱走，看着妈妈的身影越来越远。

直到有一天，外婆把她接出了沈家。隔天，她就见到了自己日思夜想的妈妈，一旁还有一位戴着眼镜、温文尔雅的叔叔。

"宝贝，妈妈再也不离开你了。"妈妈抱着她，眼泪像断了线的珍珠一样，扑簌簌地落在她的身上。

看到孩子终于回到了母亲的怀抱，瞿秋白也忍不住热泪盈眶。这是瞿独伊印象中父亲瞿秋白第一次落泪。

她随着妈妈杨之华和瞿秋白一起回到了上海，她终于和朝思暮想的妈妈生活在一起了。

这个时候，瞿秋白和杨之华住在闸北区宝通路顺泰里十二号，和沈雁冰（茅盾）一家是邻居。沈雁冰有两个孩子，一儿一女，女儿沈霞和瞿独伊同龄，儿子年龄小一点儿，这三个孩子常常在一起玩耍，不亦乐乎。

终于和妈妈团聚，又得到好爸爸无微不至的关心和照顾，还有小伙伴天天玩在一起，瞿独伊感到无比开心。那是她在萧山的深宅大院里从未感受过的幸福。

因为大人们要工作，瞿独伊和沈霞也到了该上幼稚园的年龄。于是，沈雁冰每天早晨去上班时，就把瞿独伊和沈霞一起送到商务印书馆为职工子女办的养真幼稚园去。

瞿秋白只要有空就去幼稚园接送瞿独伊和沈霞，平时有空闲还会特意去幼稚园看望瞿独伊。

有一天，瞿独伊正和小朋友玩得开心，突然看到瞿秋白走进幼稚园。她一边开心地叫着"好爸爸"，一边朝瞿秋白飞奔过去。小朋友们也都非常喜欢瞿独伊的这位会讲故事、慈爱又亲切的"好爸爸"，也都纷纷跑上前去，想听瞿秋白给他们讲故事。

幼稚园的老师看见瞿秋白，拘谨地提了个请求，她希望瞿秋白和大家一起合个影。瞿秋白毫不犹豫地答应了。他在教室里的台阶上站好，小朋友们呼啦啦地围在他身边，拍下了一张珍贵的合影。

12 中华先锋人物故事汇 瞿独伊

在当时，拍照可是一件很稀罕的事呢！

瞿独伊童年的小伙伴沈霞，一直珍藏着一张瞿秋白带着她和瞿独伊的合影照片。

那是一九二五年的夏天，天空湛蓝湛蓝的，没有一丝风，阳光明晃晃地照在树叶和花朵上。瞿秋白和沈雁冰放下手中繁杂的工作，稍事歇息。他们走到商务印书馆涵芬楼前的花园里散步，顺便去看望在幼稚园里的瞿独伊和沈霞。

一看到好爸爸又来看她，瞿独伊马上跑过去牵住他的手。

瞿秋白迎了上去，一手牵着瞿独伊，一手牵着沈霞，兴致勃勃地走到一丛郁郁葱葱的灌木旁，大声招呼着："快来！快来！这里好，我要跟亚男[①]和独伊在这里照张相。"

懵懵懂懂的两个小姑娘听到要照相，连忙向照相机望过去。正在这个时候，一只小虫飞过来，落在瞿独伊的额头上。她刚抬起手去抓额头，照相机

---

① 亚男是沈雁冰（茅盾）女儿沈霞的小名。——本书脚注若无特别说明，均为编者注

咔嚓一声响了。

"好爸爸,这相片不好。您看我把脸都给挡住了。"拿着相片,看到自己抬手挠额头的样子,瞿独伊有点不开心了。

"我的小独伊,好爸爸非常喜欢你这个样子啊!多可爱!"瞿秋白连忙安慰她。

瞿独伊点点头,不再不高兴。她非常听好爸爸的话,因为她的好爸爸对她永远那么慈爱亲切。

小小"革命者"

一九二七年的冬天，天气格外寒冷，无情的风雪在上海肆虐。

上海的街头，到处都是搜捕杀害中国共产党人的反动派的身影，还有一些四处流浪、衣不蔽体的贫民，而在那些大酒店、大歌厅、大楼房里，也生活着一些衣着华丽、不知民间疾苦的男女。

在这样的大上海，一间小小的屋内，六岁的瞿独伊正趴在窗口，望着窗外漫天的飞雪，听着寒风呼啸着吹过窗前。

"独伊，快过来，窗户玻璃那儿多冷。"

这时候，杨之华端着一盘菜从厨房出来。她看到瞿独伊的小脸几乎快要贴到窗户上了。"我不冷，我在等好爸爸回家。在这儿我可以第一时间看到他。"瞿独伊回头望着妈妈,笑着说。

"独伊,你的好爸爸很忙。不过,他和罗叔叔都答应过,会尽快赶回来的。今天是除夕呢!"

李哲时[①]也微笑地走过来,把瞿独伊抱下窗台。

"独伊,你是不是饿了?妈妈先给你盛碗汤吧。"杨之华看了看墙上的挂钟,已经快七点了。

"不,我不饿!我要等好爸爸回来,和他一块儿吃年夜饭。"瞿独伊站在餐桌前,懂事地帮妈妈和李哲时阿姨用盘子把菜盖住。挂钟上的秒针嘀嗒嘀嗒地跑着圈。瞿独伊坐在餐桌前,听见自己的肚子开始小声地咕咕叫。桌上饭菜的香味,让她悄悄地咽着口水。

嘭嘭嘭,一阵敲门声突然响起。

"好爸爸!是好爸爸回来了!我来开门,我来开门!"瞿独伊欢快地从椅子上跳起来,奔向门边。

---

① 李哲时为无产阶级革命家罗亦农的妻子。

门开了。瞿秋白和罗亦农披着一身雪花走进来。

"好爸爸,您终于回来了!罗叔叔好!"

"我的小独伊,你是不是很乖呢?有没有听妈妈的话?"瞿秋白一把抱起身边的瞿独伊,慈爱地笑着。

"我很乖的!"

"赶快过来吃饭吧。"杨之华和李哲时端上重新热过的饭菜。

那一年的年夜饭,是瞿独伊记忆深刻的一顿年夜饭。

那个夜晚,好爸爸和罗亦农叔叔、妈妈、李哲时阿姨一边吃饭,一边谈着话,偶尔激烈争论,偶尔又面色悲痛,沉默不语。

瞿独伊一边吃饭,一边望着餐桌上的四个大人。她听不懂他们在说些什么,但隐约知道,她的好爸爸、妈妈、罗叔叔和李哲时阿姨,还有许多叔叔、阿姨、哥哥、姐姐正在做着一件非常了不起、非常伟大的事情。

忽然,她看大家一同站起来,举起了酒杯。

"我也要一起！新年快乐！"瞿独伊也站起来，捧起了汤碗。

"对对，祝福我的小独伊新年快乐，平安健康！祝福我们新年快乐！祝福我们的国家和人民新年快乐！"瞿秋白的眼睛里闪着光，一字一句地说着。

杨之华、罗亦农和李哲时的脸上也洋溢着笑容。

"好爸爸，你们刚刚在说什么？小独伊听不懂。"看到好爸爸和妈妈那么高兴，瞿独伊忍不住小声问瞿秋白。

"我们在说，过些日子好爸爸和罗叔叔要去一个遥远的地方工作。再过一段时间，妈妈和李哲时阿姨也会去。不过，会带着小独伊一起去。到时候，独伊就戴上这顶小帽子去见好爸爸，你说好不好？"瞿秋白像变魔术一样，从身后拿出一顶漂亮的小帽子，戴在瞿独伊的头上。

"好呀！好呀！我们要出远门啦！谢谢好爸爸的礼物！"

瞿独伊摸着头上的帽子，开心极了！她不知道，那一趟远门让她一去就是十三年。

一九二八年春天，瞿秋白出远门了。

瞿独伊一直记得，她的好爸爸出发那天，跟以前的任何时候都不一样，他简直打扮成了另一个人。

"妈妈，我们什么时候去好爸爸那里？"瞿秋白走后，瞿独伊几乎每天都要问妈妈这个问题。

"就快了，等妈妈忙完手头的工作。"那一阵，杨之华总是很忙，极少带瞿独伊出去玩。

瞿独伊每天捧着好爸爸的信，急切盼望着见到她的好爸爸。

终于在五月的一天，瞿独伊跟随妈妈还有李哲时阿姨踏上了前往莫斯科的旅途。

那天，杨之华和李哲时装扮得非常华丽，瞿独伊也打扮得像个小公主一样。她们悄悄在上海外滩登上了一艘货船。

大货船在海上颠簸，瞿独伊既紧张又兴奋："妈妈，我们快到了吗？我就快见到好爸爸了吗？"

"是的，我们就快见到好爸爸了。"妈妈告诉瞿独伊，她们要在大连下船，坐火车去哈尔滨，然后在哈尔滨再次出发。

经过三天三夜的海上颠簸，她们终于抵达大连。没多停留，她们又乘火车到达了哈尔滨。

到达哈尔滨之后，杨之华和李哲时没有即刻出发，她们暂时停留在那里。在哈尔滨停留的那几日，杨之华常常带着瞿独伊出门。好久都没有出门玩的瞿独伊非常兴奋。可是，她马上就感觉到，妈妈好像并不是带她出去玩的，因为她们每一次去的地点不是码头就是车站，去送一些叔叔离开。

长大后，瞿独伊才明白，那些日子，妈妈带着她是为了掩护这些叔叔离开。他们跟她的好爸爸一样，都是去莫斯科开一个非常重要的会，而那个很重要的会就是中国共产党第六次全国代表大会（以下简称中共六大）。

每次出门，杨之华都会给自己和瞿独伊好好打扮，再三叮嘱瞿独伊："独伊，如果一会儿有人过来盘查我们，你一定要大声喊跟我们同行的叔叔'爸爸'，记住了吗？"

瞿独伊看着妈妈严肃的脸，乖巧地点点头。

有一次，杨之华照旧牵着瞿独伊，挽着一个拎着箱子的男同志向车站走去。杨之华和那位男同志一边走一边悄悄说着话，忽然，迎面走来几个穿制服的男人，拦住了他们。

"你们去哪儿？车票拿出来看看。"穿制服的男人面露凶光，瞿独伊吓得躲到杨之华身后。

"我们是做生意的，请长官通融通融，为我们放行。"瞿独伊看到，和她们一起的那个叔叔从口袋里掏出几枚银圆，往穿制服的男人手里塞。

"我看你们不像是生意人，倒像是画上这个人！"那个面露凶光的男人抖开一张画着人像的纸，看了又看。

这时候，杨之华悄悄捏了捏瞿独伊的小手。

"爸爸，爸爸，你们别聊天了，我们快走吧！您刚才答应过我，要给我买巧克力吃的，您又说话不算话。"瞿独伊明白妈妈的意思，她鼓起勇气，拉住叔叔的手，假装生气地撒着娇。

果然，那几个穿着制服的人，看了看他们，又看了看手里的画像，果真放他们离开了。

后来,那几个被掩护着顺利到达莫斯科的叔叔,都夸奖当时才六岁的瞿独伊是个"小小革命者"。

难忘的欢乐时光

一九二八年夏初时节，草木葱茏，鲜花遍地。然而，日本侵略者虎视眈眈地觊觎着中国东北地区，中国共产党人又身处国民党的白色恐怖之中，中华民族动荡不安。

瞿独伊永远记得，那一年的五月下旬，她跟随妈妈还有李哲时阿姨一路奔波前往莫斯科的情景。这一路，千里迢迢，险象环生。她隐隐地感觉到异样。她想到妈妈和李哲时阿姨，还有她们在路上掩护的叔叔们，以及他们看似平静的外表下深藏的波澜，不由得暗暗警觉起来。

虽然还并不懂得这些事意味着什么，但是当时年幼的她知道，这些大人正在从事一项非常伟大的事业，就像她的好爸爸一样。这一次跟随妈妈一起前往莫斯科，就能与她好久不见的好爸爸团聚了，这个大大的喜悦一下就使她安静下来。

一路舟车劳顿，瞿独伊和妈妈、李哲时阿姨安全抵达莫斯科。

此时，疾病缠身的瞿秋白每天不仅要忙于共产国际事务和中共六大的筹备与召开，还要兼顾写作与讲课。这期间，他又得知自己最疼爱的弟弟失踪，这让他疲惫的身心又添上莫大的悲痛。

杨之华与瞿独伊的到来，给瞿秋白带来了安慰。

六月中旬，中共六大正式召开，瞿秋白和杨之华都是重要的与会人员。他们每日繁忙，根本无暇照顾瞿独伊，只好把她安顿在会议驻地。

安全起见，中共六大在莫斯科近郊的一座旧式贵族庄园里召开。这是中国共产党历史上唯一一次在海外召开的全国代表大会，同时，中共六大也是非常惊险和曲折的一次会议。

李哲时是会议工作人员，杨之华就把瞿独伊交给她来照顾。瞿独伊知道妈妈和好爸爸都在忙工作，于是从不吵闹，总是乖乖地跟在李哲时身边。

每当会议休息的时间，瞿独伊就去为那些叔叔伯伯阿姨唱歌跳舞。那些叔叔伯伯站在一旁看着活泼可爱的瞿独伊哈哈大笑，阿姨们还时不时地上前去纠正一下她的舞蹈动作。在那样紧张又严肃的大会中，还要时时警惕着外界的风吹草动，小小的瞿独伊简直成了大伙儿的"开心果"。

会议间隙，瞿秋白总是带着瞿独伊到庄园附近的田野散步。那绿油油的像毛毯一样绵软的草地上，盛开着像繁星一样的野花。瞿秋白给瞿独伊采花，还把花插在她的小辫子上。

看到瞿独伊甩着插着鲜花的小辫子在田野上奔跑，看到瞿秋白露出轻松又欢愉的笑容，杨之华的内心有说不出来的幸福。

中共六大结束后，瞿秋白留在莫斯科工作、养病。杨之华和瞿独伊也被组织上允许留下来，照顾和陪伴瞿秋白。

他们一家三口暂住在莫斯科柳思客公馆。那是一间长方形的房间，前半间是瞿秋白的办公室，也是杨之华学习俄语的地方。后半间是卧室，卧室里有一张沙发，白天是客人坐的地方，夜晚就是瞿独伊的小床。

每天,她的好爸爸都在书桌前伏案工作到深夜,妈妈就坐在另一边学习。而她每晚都是望着父母的背影,甜甜蜜蜜地进入梦乡。

白天常常有客人来。他们来看望瞿秋白,顺便和他谈论工作。

瞿秋白常常不顾身体的不适,废寝忘食地工作。杨之华只好时不时故意过去和他说几句笑话,有时还让瞿独伊去喊他,只为让他多休息一会儿。瞿独伊知道妈妈的心思,所以妈妈一给她使眼色,她就立刻过去缠着她的好爸爸,不是让他折个纸船,就是让他画幅画,再或者让他教自己唱歌。

瞿秋白对瞿独伊总是那么温和慈爱,一看到她跑过来,就笑着放下手中的笔,和她说话,顺便小憩一会儿。

一天,瞿秋白正伏案工作,忽然听到瞿独伊在小声哼着歌。

"这就是我们阶级最后的决死争,同英德纳雄纳尔人类方得重兴!"

"小独伊,快过来。你也会唱这首歌吗?你知道这是什么歌吗?"瞿秋白放下手中的工作,欣喜地看着瞿独伊。

"我听好爸爸和妈妈总是小声唱,就学会了。这是什么歌?"瞿独伊走过去,靠在好爸爸身边,好奇地问。

"这是《国际歌》[①]!是写给广大受压迫、受剥削的劳动人民的歌。小独伊再长大一点儿就会明白的。小独伊,你一定要记住,你是中国人,无论何时何地,都要爱祖国!"瞿秋白温和又坚定地告诉瞿独伊,随即又把这首歌完整地教瞿独伊唱了一遍。

瞿独伊似懂非懂地点点头,认真地学唱。虽然她还不能理解好爸爸话里的真正含义,但是,好爸爸说的每一个字她都牢牢地记在了心底。

因为工作过度劳累,瞿秋白的病情总是反反复复,无法痊愈。杨之华尽心尽力地照顾他,经常给他熬鸡汤。然而,瞿秋白的肺病仍在不断加重,无法再继续坚持工作。一九二九年二月,瞿秋白不得不告别杨之华和瞿独伊,去远离莫斯科的库尔斯克

[①] 一九二三年,《新青年》发表了瞿秋白翻译的《国际歌》。此时瞿独伊哼唱着的《国际歌》正是父亲瞿秋白的译本。

州利戈夫县玛丽诺休养所疗养。

好爸爸离开了,妈妈又过于繁忙,无法很好地照顾瞿独伊。于是,她被送进了莫斯科的一家儿童院。

柳思客公馆只剩下杨之华一个人了,家里变得冷冷清清的。只有瞿独伊偶尔从儿童院回来时,杨之华才感觉到家里有了生机。

有一次,妈妈把她从儿童院接回家,带她去看童话剧《青鸟》。天天闷在儿童院的瞿独伊开心得像只小喜鹊,一路蹦蹦跳跳,跟妈妈叽叽喳喳说个没完。可等她到了剧场坐下来,看到红丝绒的幕布徐徐拉开,听到婉转美妙的音乐在剧场的上空回旋,马上屏住呼吸,目不转睛地盯着绚丽的舞台。舞台上的演员们演绎着一个有趣又动人的故事,精彩的童话剧深深地吸引了瞿独伊。

剧终后,瞿独伊还久久地沉浸在剧情里。

散场后,妈妈牵着瞿独伊走在回家的路上,瞿独伊兴奋不已地给妈妈重复故事剧情,还深深地叹了一口气说:"唉!如果好爸爸和我们一起来看这个剧,那该有多好啊!我一定要把这个故事再给好爸爸讲一遍,他一定很喜欢。"

父女情，两地书

又一个周末到了，住在儿童院里的孩子们眼巴巴地看着窗外，盼望爸爸妈妈带着玩具和糖果来看他们。

瞿独伊早就换上她最喜欢的小裙子，还重新梳好了小辫子。她坐在房间里默默地等待着。她已经好久没有见到妈妈和好爸爸了。

刚刚离开家住到儿童院时，瞿独伊觉得自己好委屈，她舍不得离开家，舍不得离开妈妈和好爸爸。可是，她也知道，好爸爸生了病，还得辛苦工作，妈妈要照顾好爸爸的身体，忙不过来。最重要的是，她也希望好爸爸能快些好起来。

时间一天天过去，瞿独伊对儿童院的生活渐渐习惯。她最盼望节假日的到来，因为，妈妈和好爸爸总会在那时想办法抽出时间来看她。

每当瞿秋白去儿童院看瞿独伊时，总会像变魔术一样变出一袋牛奶渣，悄悄地塞进瞿独伊的小手里。瞿独伊开心得不得了，那是她最爱吃的零食，可是妈妈不让她多吃。因此，牛奶渣是瞿独伊和她的好爸爸之间的小秘密。

冬天来临的时候，瞿独伊转到莫斯科郊外的一所生活条件相对更好的"森林"学校。在那里，瞿独伊结识了许多新朋友。只是，"森林"学校为了方便管理，把所有孩子都剃了光头，这件事让瞿独伊很伤心。瞿独伊哭着把剪下来的辫子包好，抱在怀里。她是多么舍不得自己的长头发呀！幸好好爸爸之前送了她一顶漂亮的帽子，可以用来遮住她的小光头。

瞿独伊住到远离莫斯科市区的"森林"学校后，因为路途遥远，瞿秋白和杨之华便不能常常去看她了。书信便成了瞿独伊与妈妈和好爸爸之间传递思念的桥梁。

瞿秋白得知瞿独伊因为剃光头而难过的事后，

第一时间给她写了一封信：

独伊：

　　我的好独伊。你的头发都剪了，都剃了么？哈哈，独伊成了小和尚了。

　　好伯伯①的头发长长了，却不是大和尚了。

　　你会不会写俄文信呢？

　　你要听先生的话，要听妈妈的话，要和同学要好。我欢喜你，乖乖的小独伊，小和尚。

好伯伯

　　捧着好爸爸的信，瞿独伊读了一遍又一遍。好爸爸温暖又有趣的话语，让她哭着哭着就笑了，再也不为剃光头的事伤心了。

　　有时，瞿秋白和杨之华在周末抽出时间，准备去看瞿独伊的时候，瞿独伊总是在周日早早起床，在房间里等待。她知道，好爸爸和妈妈在周六坐一晚上的火车，周日一大早就能赶到学校。

---

① 好伯伯指瞿独伊的好爸爸瞿秋白。

父女情，两地书

太阳洒满森林和大地时，"森林"学校迎来了一批前来看望孩子的家长。孩子们欢呼雀跃地奔到校门口，奔向爸爸妈妈们怀中。

瞿独伊远远就看到好爸爸和妈妈正两手不闲地拎着她最爱的食物和玩具走过来。二人刚刚放下手里的东西，瞿独伊便紧紧牵住他们的手，唱着歌，又蹦又跳，比过年还要快乐。清早的森林，空气清新怡人，阳光透过树叶间的缝隙照射下来，在草地上形成各种形状的光斑。小虫们也醒了，慌慌张张地在花瓣和草尖上到处爬，把晶莹的露珠赶得满地滚。

瞿秋白带着瞿独伊在森林里玩捉迷藏的游戏。他总是假装找不到躲藏在树后的瞿独伊，装模作样地团团转，大声喊："小独伊，你躲到哪里去了？好爸爸找不到你了。"

"我在这里呢，好爸爸！我藏得比你好，你找不到我吧！"瞿独伊开心地咯咯大笑，从大树后跳出来。

冬天的时候，瞿秋白风尘仆仆地赶到"森林"学校看小独伊。他拉上雪橇，带着瞿独伊来到空旷

父女情，两地书

的雪地里。

瞿秋白把小独伊放在铺着厚厚毛毯的雪橇上坐着，拉着她飞跑。

瞿独伊开心的笑声在空旷的雪地上空回荡，一不留神她从雪橇上滑落到厚软的雪地里。

"哈哈，我没事。好爸爸接着拉我，我还要玩。"瞿独伊大笑着爬起来，顾不上拍掉身上的雪，就重新坐到雪橇上。

后来，她发现雪橇时快时慢，她的好爸爸拉着雪橇，看起来非常费劲。还没等她想明白是怎么了，雪橇突然不动了，只听扑通一声，瞿秋白摔了一大跤。

瞿独伊看到瞿秋白坐在雪地里，双手捂着脸，呜呜地哭起来。

"妈妈，妈妈，你快来看呀，好爸爸不勇敢，他摔了一跤，还哭呢！我刚刚也摔了一跤，我都没哭。"瞿独伊一边去扶瞿秋白，一边大声喊不远处的杨之华。

"哈哈！我才没哭呢！我是勇敢小独伊的勇敢好爸爸！"瞿秋白突然放开双手，大笑着举起瞿独伊。

  杨之华看着在雪地里嬉笑玩闹的父女俩，感动不已。无论何时何地，瞿秋白待瞿独伊都像亲生女儿一样好；而瞿独伊在瞿秋白面前也从没有一丝陌生和胆怯，相比于杨之华，瞿独伊反而更加依赖瞿秋白。不论是杨之华还是瞿独伊，乃至身边的亲朋好友，大家几乎都忘记了瞿秋白不是瞿独伊的亲生父亲。

  瞿秋白在疗养的过程中，除了到学校看望瞿独伊，也总在与杨之华的书信中询问女儿的情况。

  之华，独伊如此的和我亲热了，我心上极其欢喜。我欢喜她，想着她的有趣齐整的笑容，这是你制造出来的啊！之华，我每天总是梦着你或是独伊。

  独伊想起我吗？你一定要将地名留下，我在回来之时，要去看她一趟，下年她要能换一个学校，一定是更好了。

  好爸爸给妈妈的信中，还为瞿独伊写了一首小诗：

好独伊，亲独伊！

小小的蓓蕾，
含孕着几多生命，
陈旧的死灰，
几乎不掩没光明。
看那沙场的血花灿烂，
经过风暴之后的再生，
谁道是无意中的赤化？
却是赤爱的新的结晶。

远离莫斯科的瞿秋白非常想念女儿，他在写给瞿独伊的信中也常常画上活泼有趣的图画。他画活泼的小独伊牵着一只小兔，旁边写着：

独伊：

我画一个你，你在笑。为什么笑呢？因为你想着，你是好爸爸和姆妈①两人生出来的。

---

① 姆妈，方言词，即"妈妈"。

当瞿秋白得知瞿独伊在学校里不开心哭了的时候，他赶紧给她画了自己滑雪的小像，要逗她开心。

独伊：

你为什么要哭？你看好爸爸滑雪了。

在瞿独伊的记忆里，好爸爸非常疼爱她，一直记挂着她。他会因为她的小情绪担忧，也会因为她的小小进步而高兴。

小独伊：

你会写信了——我非常之高兴。你不病，我欢喜了。我很想念你，我的病快要好了，过三个星期我要回莫斯科，那时要来看你，一定来看你。我的小独伊。再见，再见。

好爸爸

为了让瞿独伊有更好的生活和学习环境，

一九三〇年的夏天，瞿秋白把瞿独伊转到了莫斯科郊外的另一所儿童院——瓦斯基诺国际儿童院。在那里，瞿独伊结识了各国著名共产党人的子女。在那里，瞿独伊渐渐懂得了好爸爸对她讲过的很多道理，明白了好爸爸和妈妈整日忙碌的工作是什么。

瞿秋白和杨之华还是只能在节假日抽空去看瞿独伊，每次去，都会尽可能地带很多她喜欢的食物和玩具。每次好爸爸和妈妈到来，都是瞿独伊最幸福欢乐的时光。对于瞿秋白和杨之华而言，也是如此。

有一次，好爸爸和妈妈去儿童院看她。那天，天气很好，暖风徐徐。好爸爸和妈妈带着瞿独伊来到儿童院旁边的小河边散步。好爸爸提议划木筏，瞿独伊高兴得跳起来鼓掌。看到父女俩这么高的兴致，杨之华也欣然同意了。

瞿秋白扶杨之华和瞿独伊在木筏的一头坐下，他则拿起长竿站在木筏的另一头。

"快点划呀，好爸爸！我们去那儿。"瞿独伊指着小河的前方，迫不及待地喊着瞿秋白。瞿秋白叮嘱瞿独伊坐稳，然后卷起裤管，露出了细瘦的小腿，双手用力撑起长竿，木筏驶离河岸，划向水中央。

夹杂着草木清香的风吹过河面，轻抚在瞿独伊的脸上。就在这时，瞿秋白突然引吭高歌，杨之华也紧跟着唱和起来，瞿独伊马上跟着她的好爸爸和妈妈一起，大声合唱。

那一天的情形，瞿独伊永生难忘。每当回想起他们一家三口在小河上划木筏的欢乐情景，她都倍感温馨，因为那份记忆给予了她无比强大的力量和鼓舞。

在当时，儿童院里还有许多孩子是没有家长前去探望的，瞿独伊就会把好爸爸和妈妈带给她的糖果、点心分给他们，让他们和她一起分享父母给她的爱。

好爸爸,您在哪里?

一九三〇年七月下旬,瞿秋白接到共产国际的通知,要回国从事重要工作,杨之华也有工作任务。而当时国内共产党人正处在白色恐怖之中,他们即将面临的是血雨腥风的考验,根本无法照顾女儿瞿独伊。经过再三考虑,瞿秋白和杨之华决定把瞿独伊留在莫斯科。

当时的小独伊天真地以为,她和好爸爸,还有妈妈,将会像之前一样,永远幸福地生活在一起。直到一九三〇年八月的一天,她突然收到一封从德国柏林寄来的信和一张印有一束"勿忘我"的明信片,才知道她的好爸爸和妈妈已经于七月底就远离了莫斯科,去往她不知道的遥远地方执行重要任务去了。

那张明信片上只用俄文写着一行简单的字：

送给独伊。

> 妈妈，一九三〇年八月一日

瞿独伊一眼就认出那是好爸爸的字迹。

从收到明信片的那天起，她就天天盼望着，好爸爸和妈妈能早一点儿来莫斯科，与她团聚，或者来莫斯科接她一起回中国去，那就更好了。但她完全不知道，她的好爸爸和妈妈其实是回中国去参加无比艰险的革命斗争去了。她更没想到，那张明信片，会成为她的好爸爸留给她最珍贵的纪念。

瞿秋白和杨之华最初是想要把瞿独伊留在国际儿童院，然而，儿童院再好，小独伊没有大人看顾，还是会让远在中国的他们担忧挂牵。

于是二人在临行前，特意把瞿独伊带到国际友人鲍罗廷家中做客，并委托鲍罗廷夫妇代为照顾瞿独伊。

鲍罗廷夫妇非常喜爱瞿独伊，他们像亲爷爷和亲奶奶一样关爱她。鲍罗廷夫妇的小儿子诺尔曼也非常喜欢小独伊，总是跟瞿独伊开玩笑，自诩是她的"保护者"。每逢节假日，鲍罗廷夫妇就把瞿独伊从儿童院接回家，给予她家庭的温暖和幸福。倘若她生了病，鲍罗廷夫妇对她的照顾更加无微不至。

两位老人把瞿独伊认作自己的"中国孙女"，独伊简直成了鲍罗廷一家最受宠爱的孩子。而瞿独伊和父母之间的思念与牵挂，只能通过信件来传达。

好爸爸给予瞿独伊爱国教育的第一课是在苏联生活期间。有一次，瞿秋白寄给女儿一张印着一个大飞艇的明信片，上面写着：

你长大了，也为祖国造这样的大飞艇。

瞿独伊把好爸爸和妈妈写给她的信都放在枕边，时不时拿出来念，想象着她的好爸爸和妈妈就在她身边。可是，有很长一段时间，瞿独伊没再收到好爸爸的信,哪怕她每天去看信箱,信箱里也总是空空如也。

"好爸爸,您忘记您的小独伊了吗?妈妈,您忘记您亲爱的女儿了吗?为什么我好久都没有收到你们的来信呢?或者是信差把你们寄给我的信不小心弄丢了?"瞿独伊捧着那些信,一边读,一边喃喃自语。

终于,好爸爸瞿秋白的消息传来了。

那是一九三五年盛夏的一天。已经十四岁的瞿独伊和儿童院的同学们一起去乌克兰的第聂伯罗彼得罗夫斯克游玩。那里山峦起伏,树木葱茏翠绿,美丽如画。

瞿独伊正陶醉在这迷人的景色中。这时候,瞿独伊突然发觉同学们围在一起窃窃私语,好像还特意背着她。偶尔有同学扭过头来,神色凝重地看她一眼。

"你们在看什么?是报纸吗?"瞿独伊发现异样,朝同学们发问,好奇地走过去。没想到,同学们立刻慌慌张张地把报纸藏在身后,不让她看。

"是什么?让我看看。"敏感的瞿独伊心中掠过一丝不安，不由分说地抢过报纸。那是一份《共青团真理报》，报纸上赫然发布着瞿秋白英勇牺牲的报道。瞿独伊感觉呼吸困难，思想也停顿了。她再三确认，也不肯相信那消息是真的。可是，那则报道旁边清清楚楚地放着她日夜思念的好爸爸的照片。

瞿独伊明白了，她的好爸爸和妈妈几年前离开莫斯科，并不是去别的地方执行任务，而是回国参加革命斗争了。

"好爸爸，您在哪里？"瞿独伊压不住心中的悲恸，失声痛哭，晕倒在地。

老师和同学们急忙上前抢救，她才慢慢苏醒过来。之后，鲍罗廷夫妇将她接到家里住了一段时间。在他们的悉心照顾下，瞿独伊心中巨大的悲伤才渐渐得以缓解。这时的她，得知了父亲去世的原因。

那是一九三五年六月十八日。

"这就是我们阶级最后的决死争，同英德纳雄纳尔人类方得重兴！"在敌军押送下，瞿秋白一路高唱着《国际歌》《红军歌》，高喊着"中国共产党万岁""中国革命胜利万岁""共产主义万岁"，从容不迫地向罗汉岭走去。

罗汉岭下，瞿秋白环视了一下周围的环境，选了一处草坪，安然盘腿而坐。"此地甚好！""我有两个要求：我不能屈膝跪着死，我要坐着；不能打我的头。"枪声响起，瞿秋白的热血洒在罗汉岭下，青葱的草地上，鲜血浸润着大地，控诉着罪恶。

那是夏日里，阳光明媚的一天，然而，罗汉岭下英勇壮烈的一幕，却令山川肃穆，白云低垂，夏风也透着寒气。

瞿独伊一生都铭记着好爸爸在临刑前写下的话："一切新的，斗争的，勇敢的都在前进。那么好的花朵，果子，那么清秀的山和水，那么雄伟的工厂和烟囱，月亮的光似乎也比从前更光明了。""我还留恋什么？这美丽世界欣欣向荣的儿童，我的女儿，以及一切幸福的孩子们。我替他们祝福。"

瞿独伊不敢想好爸爸赴刑场的情形，可事实却深深地烙印在她的脑海中，挥之不去。瞿独伊一生最爱的就是好爸爸教给她唱的《国际歌》。她永远清晰地记得，她的好爸爸叮嘱她的话："爱祖国！"

与妈妈重逢在莫斯科

一九三五年盛夏的一天,十四岁的瞿独伊紧紧捏着一封信,呆呆地望着窗外。她的眼里依然湿润,心里是空洞洞的。

窗外的大树枝繁叶茂,绿荫如盖,知了躲在树影里,不知愁地为火热的夏天歌唱。自从那天得知好爸爸英勇就义的消息,她就病倒了。鲍罗廷夫妇特意把她接到家中调养。在异国"爷爷奶奶"的悉心照料和关爱下,她终于能从父亲牺牲的巨大悲痛中慢慢缓过劲来,身体也渐渐恢复了健康。

此刻的她,几乎不敢去触碰再也见不到好爸爸的这个事实,她非常想念妈妈。

她特别想知道妈妈在国内是否安好,因为,她知道妈妈和好爸爸是志同道合的爱人，就像比翼双飞的海燕。好爸爸还是妈妈的良师益友，瞿独伊记得，好爸爸为了表达对妈妈的深情，送给妈妈一枚金别针，上面有他亲手刻上的一行字：送给我生命的伴侣。妈妈是如此珍爱那枚别针，如今别针还别在妈妈的衣襟上，好爸爸却永远地离开了她。虽然她也知道，无论在什么情况下，妈妈都会奋不顾身地参加革命工作。但是，她非常担忧妈妈，她担心妈妈的内心能否承受得住永远失去好爸爸的打击。

"妈妈终于要来了！我要见到亲爱的妈妈了。"瞿独伊一边喃喃自语，一边把目光望向远方。她多么希望妈妈的身影能突然地映入她的眼帘。她想象着妈妈拎着皮箱，风尘仆仆，微笑着向她走来的样子。她甚至祈盼着，她的好爸爸也陪伴在妈妈身边，就像她小时候，他们去看她时那样。

这一天终于来了。

八月的一天，一个平平常常的日子。此时已经康复回到儿童院的瞿独伊正和同伴们在一起。

"独伊！"一个熟悉又亲切的声音让瞿独伊的心跳几乎漏掉一拍。她迅速转过头去。妈妈正站在不远处，静静地望着她，微笑着。

"妈妈！"瞿独伊流着眼泪，向妈妈奔去。她的小伙伴们——那些同是中国革命家子女的孩子，也呼喊着"妈妈"，向杨之华奔去。

瞿独伊紧紧地抱住妈妈，其他小伙伴也纷纷上来拥抱杨之华。

这时的杨之华是强压住心中的悲痛，赶赴莫斯科出席共产国际第七次代表大会的。当她从欧洲转道到达莫斯科时，会议已经开始。会后，她当选为国际红色救济会常务委员，留在莫斯科工作。

数年没有见到女儿的杨之华在结束一段工作之后，匆匆赶到国际儿童院。之前每次去儿童院看独伊都有瞿秋白的陪伴，瞿秋白带着独伊玩耍的画面依然清晰如昨日。可今天，却只有她形单影只地来看女儿了。

杨之华紧紧拥抱了瞿独伊，又拥抱了每一个围着她的孩子。她眼含热泪，温柔地安抚着孩子们，耐心地给他们讲述他们的父母在国内的情况。

"妈妈，您认识玛娅的妈妈吗？"瞿独伊把一个怯生生的小姑娘牵到杨之华身边。

"哦，是小玛娅！我认识你的妈妈。你的妈妈叫张琴秋，对吗？"杨之华亲热地抱起玛娅，给她讲她妈妈张琴秋手持双枪英勇杀敌的故事。瞿独伊和小伙伴们专心致志地听杨之华讲了一个又一个革命故事，眼里闪烁着光芒。

时间过得太快，杨之华又要和瞿独伊说再见了，她还有很多工作要去做。虽然她在莫斯科工作，但依然不能天天和女儿瞿独伊在一起。

"再见，妈妈。早一点儿再来看我！"瞿独伊紧紧地拥抱了一下妈妈，就松开了双手。十四岁的瞿独伊仿佛在得知好爸爸牺牲的那一刻起，就迅速地成长起来。她非常理解妈妈的工作性质，也从来没有埋怨过妈妈和好爸爸给她的陪伴太少。在她的心目中，好爸爸和妈妈是她的榜样，是她人生的标杆，他们坚强的革命意志和崇高的信仰早已深深地扎根在她心里。

留在莫斯科工作的第二年，杨之华考虑再三，决定把瞿独伊接出儿童院。她想多一点儿时间陪伴女儿。

和妈妈一起生活那几个月，给瞿独伊留下了刻骨铭心的记忆。

每天,杨之华都会投入到紧张的工作中,顾不上照料瞿独伊,瞿独伊就拿起书本,安慰杨之华说:"妈妈,您放心去工作吧!我已经快十五岁了,是大人了,而且,我也要学习,也很忙呢!以后,我要和妈妈一起工作!"

每天工作到很晚,杨之华才回到家中。夜深人静的时候,屋里只有杨之华和瞿独伊。暂时放下工作的杨之华常常拿出瞿秋白的相片、遗作和他们之间往来的信件,细细翻看。每次都是看着看着,眼泪就像断线的珍珠一样落下来。瞿独伊赶紧上前抱着妈妈,也无声地哭泣起来。默默地哭了一会儿,瞿独伊就会抹干眼泪。她觉得自己已经是个大人了,现在,好爸爸永远地离开了她们,她就应该代替好爸爸,来陪伴妈妈,安慰妈妈,给妈妈力量。

"妈妈,我给您唱个歌好吗?我会唱很多歌呢!您喜欢听什么?要不,我就一首一首地唱给您听。"

瞿独伊在妈妈面前站好,一口气唱了好几首歌,《儿童进行曲》《马赛曲》,还有好爸爸翻译的

《国际歌》。瞿独伊唱啊唱啊,一直唱到妈妈的脸上终于露出了笑容,和她一起唱起来。

瞿独伊特别想知道更多好爸爸的情况,可她却不忍心向妈妈提问。杨之华非常明白女儿的心思,忍着悲痛跟她讲述起来。

那是一九三四年初,瞿秋白被上级派往江西瑞金中央苏区执行任务,杨之华仍然留在上海工作。分别的那天深夜,杨之华站在寓所门口目送着瞿秋白离开。快走到弄堂口的时候,瞿秋白忽然停下脚步,又往回走了几步,凝视着杨之华,缓缓地对她说:"之华,我走了!再见面也许会是很久之后。"

谁能料到,这一次的分别竟成了永诀。

杨之华告诉瞿独伊,瞿秋白在苏区担任教育人民委员。在瞿秋白的带领下,苏区的教育工作搞得相当出色,文化氛围也非常浓郁。一九三四年秋天,中央红军决定进行战略转移,瞿秋白因病留在了江西瑞金地区,任中央分局宣传部部长,而就在他化名林祺祥外出看病之际不幸被捕。

杨之华要瞿独伊牢记,她的好爸爸瞿秋白是个多么英勇坚强的共产主义战士,他是高唱着《国际歌》、高喊着"共产党万岁",走向刑场的。

瞿独伊听了这些,擦干眼泪,坚定地点着头。

有了瞿独伊的陪伴和安慰,杨之华悲痛的心情渐渐得到了缓解。她更加忘我地投入到繁忙艰苦的工作中。几个月后,因为一些特殊原因,瞿独伊再一次和妈妈分开了,她又回到了国际儿童院。

这一别又是数年。

身陷囹圄

一九四一年六月二十二日，德国单方面撕毁了《苏德互不侵犯条约》，集结百万大军，装备精良武器，以闪电战的方式对苏联发起进攻。自此，苏德战争全面爆发。

苏联的斗争形势如此紧张，二十岁的瞿独伊和伙伴们也积极参加了保护莫斯科人民群众的战斗。他们每天冒着生命危险爬到楼顶，把每一颗落在楼顶的炸弹，及时扔到远离居民区的地方。

此时，国内抗击法西斯的斗争也日趋激烈，共产国际和中共中央决定让一部分在苏联工作和学习的同志回国参加抗日斗争。此时，正在莫斯科东方大学中国部边工作边学习的杨之华也接到回国参加抗战的命令。

这年九月，杨之华毅然带着女儿瞿独伊，和几个战友一道，踏上了回国的征程。为了能安全回到中国，顺利投入到抗日斗争中去，杨之华和瞿独伊都用了化名——杜宁和杜伊。

终于要结束十三年旅居异国的生活，踏上中国的土地了。时年二十岁的瞿独伊内心无比激动，那里是她的祖国，是她的好爸爸为之奋斗的祖国。

当时的满洲里深陷日军疯狂侵略之中，回国的道路被阻隔，杨之华一行人只好绕到新疆，打算从新疆取道回延安。可万万没想到，当他们到达新疆迪化市（今乌鲁木齐市）时，回延安的路也被切断。他们只好暂时住在八路军驻新疆办事处，等候时机。

当时掌握着新疆军政大权的是军阀盛世才。他是个毒辣的投机分子，号称"新疆王"。为了稳固自己在新疆的地位，他根据国际局势的变化，摇摆在国共两党之间。

一九四一年苏德战争爆发后，德国一度处于优势地位。原本亲近苏联，甚至秘密加入苏联共产党的盛世才突然转变政治立场，投靠了国民党。第二年秋天，盛世才突然把在八路军驻新疆办事处的中共党员及其家人（总共一百五十余人）全部抓捕，先是软禁在一间阴暗的破庙里，而后又将他们投入监狱。

狱中的生活无比艰苦，一桶没有一点儿油水的烂白菜汤，加上数量不多的、掺上沙子的发霉馒头，就是瞿独伊他们一天的食物。

与精神上的迫害相比，生活上的艰苦是微不足道的。为了让同志们承认莫须有的罪名，盛世才经常带走狱中的同志，对他们进行严刑拷打、威逼利诱。

虽然是第一次面对这样艰难险恶的环境，年轻的瞿独伊却丝毫没有退缩。因为，妈妈杨之华语重心长地告诉她："革命被捕是难免的，但反真理的敌人不配审判为真理而斗争的人。到那个时候，就要用真理审判反真理的敌人！"

好爸爸瞿秋白英勇就义时的音容笑貌和他放声高唱的《国际歌》，时常浮现在瞿独伊的脑海。狱中的同志们虽遭受着酷刑，但依然保持着坚定的信念和不屈的革命精神，这也深深感染着她。

狱中的同志们紧紧团结在一起，暗中成立了狱中党组织。在党组织的领导下，大家与军阀盛世才展开了不屈不挠的斗争，一起喊出了"百子一条心，集体回延安"的口号。在杨之华的不断建议下，狱中党组织领导同志们开展了监狱学习运动。瞿独伊虽然还不是党员，也积极主动地要求旁听学习。

为了与党组织取得联系，病中的杨之华争取到外出治疗肺病的机会。给她治病的苏联医生是一名苏联共产党员。看诊期间，杨之华用俄语与医生交谈，希望得到他的帮助，向共产国际通报中国革命者在新疆被捕的遭遇。当杨之华第二次去看病时，苏联医生秘密塞给她一张小纸条，是共产国际发来的电报。电报上写着："同志们，你们要坚持。"杨之华非常激动，她把电报叠成小块，藏在袜子里带回监狱，交到监狱党支部的领导同志手里。

共产国际的电报像一针强心剂，大大增强了同志们对敌斗争的勇气和力量。

盛世才看到酷刑和利诱都达不到他的目的，就开始想办法对付狱中的女同志和党员家属,他以为这样就能找到一个突破口。

可是,他的如意算盘打错了。

当敌人押着杨之华走出牢门时,瞿独伊眼含热泪,满怀担忧地目送妈妈。当她看到妈妈无畏的眼神和坚毅的面容时,她果断地擦干了眼泪,默默提醒自己:不能哭,不能软弱!要时刻牢记,我是瞿秋白和杨之华的女儿,我要坚强!

妈妈杨之华告诉瞿独伊自己受审讯的情景。当敌人企图策反她,并向她套取情报时,她大声怒斥盛世才是投机分子,两面三刀,出尔反尔,无耻地迫害共产党人。恼羞成怒的敌人扬言要枪毙她,可是杨之华不动声色,怒目而视,掷地有声地对审讯者说:"我们从信仰共产主义那天起,就做好了牺牲的准备。无论什么,都不能让我们改变信仰!"无可奈何的盛世才只好把杨之华放回牢中。

为了彻底粉碎敌人的阴谋,不让他们抱有幻想,杨之华不断给其他共产党员的家属做工作,晓之以理,动之以情,坚定他们的信念。

果然,盛世才想尽办法,始终没能达到他可耻的目的。

　　妈妈的坚强和勇敢、妈妈对崇高信仰的坚定、妈妈在狱中的英勇气概，瞿独伊都看在眼里，记在心上，她也变得越来越坚强。

　　敌人的策反阴谋屡次失败之后，他们把目光转到瞿独伊身上。他们认定，这个从小在国外长大，连中文都说得不太好的女孩一定是个重大的突破口。

　　可是，当敌人把瞿独伊带到审讯室审讯时，她像妈妈杨之华还有其他被审讯受刑的狱友一样，决不向敌人低头，并且毫不畏惧地大声斥责他们。

　　敌人又一次打错了算盘。

拥抱光明

新疆监狱的斗争如此艰险,生存环境如此恶劣,可瞿独伊却越来越坚韧乐观、积极向上。

从童年到青年,瞿独伊在莫斯科生活了十三年。她能说一口流利的俄语,可是,中文的掌握程度就比较差了。回到中国,瞿独伊最想在第一时间做的事就是补习中文。

瞿独伊决定在狱中教狱友们学习俄语,同时请他们帮助自己补习中文。与此同时,杨之华还精心编写了一本俄文字典。在瞿独伊的带动下,狱友们在与敌人展开不屈的斗争之余,还掀起了一股学习的热潮。

在盛世才抓捕他们入狱时,不少同志都随身藏着中文和俄文的革命书籍，没有被狱警搜查出来。瞿独伊和狱友们就常常躲在角落里偷偷看书，其他狱友则在一旁放哨。一旦狱警过来，他们就立刻把书藏起来，有时候实在藏不住，就只好眼睁睁地看着书被狱警抢走。这么珍贵的书被抢走，狱友们既愤慨又痛心。

有一次，瞿独伊和狱友们正在读书，读到激动人心的地方，大家都忘记了自己身在狱中。然而，狱警出现了，一场书的抢夺战在狱中展开。妈妈杨之华趁乱把书拿了回来，藏匿在隐蔽的地方，狱警找不到书，只好悻悻地离开了。

新疆监狱里关押的不仅有革命志士，还有他们的家属和孩子，甚至有些孩子是在狱中出生的。为了让孩子们学习文化，不被监狱生活压垮精气神儿，杨之华和瞿独伊把她们带在身边的少儿识字书拿出来，教孩子们读书习字，还教他们自己编的歌曲，鼓励孩子们在艰苦的环境里，也要学会乐观和坚强。

看到狱中关押的人们不但顽强，还能苦中作乐，盛世才非常恼怒，他再次单独提审瞿独伊，想要从这个年轻人这里找到突破口，逐步分化瓦解狱中的党组织。没想到，面对生死考验、威逼利诱，瞿独伊像妈妈杨之华一样，临危不惧，不动声色。

敌人利诱瞿独伊："你还年轻，难道不应该好好考虑一下生死的问题？只要你与我们合作，马上单独放你出来，还给你找一份工作。"

瞿独伊轻蔑地笑了笑，义正词严地说："我的生死不必考虑，我的信仰必须坚持。共产党是为国家民族利益而奋斗的，我就是要为民族独立自由、民生幸福而奋斗，死了也是光荣的！我决不会单独出狱，更不会为你们工作。我们是无罪的，你们无权关押我们。你们要把我们全体无罪释放，送回延安！"

盛世才的高压逼迫，始终无法让被捕的共产党人屈服。一九四三年九月，恼羞成怒的盛世才残忍杀害了当时八路军驻新疆办事处的负责人陈潭秋等三位同志。

陈潭秋等三位同志的牺牲激起了狱中同志们的愤怒。瞿独伊一心想要向党组织靠拢，她不但参加了狱中党支部为陈潭秋等三位同志召开的追悼会，还和狱中的同志们一起静坐抗议。

时间一天天流逝，狱中的斗争从没停止，但盛世才完全没有悔改之意。监狱的生活一天比一天艰苦。看着狱友们日益堆积的愤怒苦闷和日渐消瘦的身体，瞿独伊想到一个办法，她要带领大家做操唱歌。做操可以强身健体，唱歌能让人增强斗志。

狱友们在瞿独伊的带动下，每天按时做操、拉歌。艰险的狱中生活有了一些乐趣。大家都非常喜欢这位活泼、乐观、坚强、勇敢的年轻女孩。

瞿独伊在监狱生活中不断成长，她郑重地写下入党申请书，递交给狱中党支部书记张子意。张子意接过申请书，非常欣喜。他真诚地表扬瞿独伊是一个坚强勇敢的年轻人，虽然此时在狱中不方便发展党员，但鼓励她要坚持斗争。

张子意同志的鼓励，让瞿独伊深受鼓舞。

一九四五年八月十五日，日本天皇裕仁以广播《终战诏书》的形式，宣布无条件投降，艰苦卓绝的中国抗日战争胜利结束。

瞿独伊和同志们在狱中一起庆祝了这个激动人心的时刻。可是，他们的牢狱生涯仍然没有结束，他们的对敌斗争还在继续。

终于，在抗战胜利快一年的时候，经过党的多次营救和张治中将军的不懈努力，在新疆的被捕人员重获自由。

一九四六年六月十日，十辆大卡车载着一百三十余名从新疆监狱中释放出来的共产党员及其家属，一路颠簸，终于在七月十日到达了延安。

在延安的生活是瞿独伊一生中非常难忘的一段快乐时光。

经过了四年监狱生活的考验，瞿独伊对自己的信仰和立场更加坚定了。她再一次郑重地向党组织递交了入党申请书。这一次，张子意主动当起了她的入党介绍人。瞿独伊终于实现了梦寐以求的理想——加入中国共产党。党组织了解到她在狱中坚强勇敢的表现，还特别免去了她的入党候补期。

这是一份怎样的光荣啊！瞿独伊心潮澎湃，她默默地在心中告诉好爸爸,她是一名正式的共产党员了。她是妈妈的战友,是和妈妈并肩作战的人。她也是好爸爸的战友,是继承好爸爸遗志的意志坚定的共产党员。

志同道合的革命伴侣

李何是瞿独伊的同事,亦是她的良师益友,更是她志同道合的革命伴侣。

一九一八年二月,李何出生在福建福州的一户普通人家。李何从小就格外聪明,父亲为了儿子能有出息,在李何幼年时就带着他远走广东,让他在汕头念书。十五岁的李何顺利考入厦门大学。

进入大学的李何接触了许多革命新思想,与校内的进步青年越走越近,很快就加入了共青团组织。他和进步青年一起从事革命活动,但不久就因身份暴露被敌人通缉,便转到广州中山大学继续学业。时间不长,抗日战争爆发了,李何毅然加入了"江海关同人救亡长征团",辗转广州、香港、武汉，进行革命宣讲活动。

一九三八年，李何与一些进步青年决定一起从武汉出发，跋山涉水，奔赴他们向往已久的革命圣地——延安。

在延安，李何很快就投身到革命工作当中，不仅去中国人民抗日军事政治大学学习，还光荣地加入了党组织。

同年冬天，为了建立抗日民族统一战线，为了建设新疆、发展新疆，党中央向新疆派驻了一批优秀的共产党员。李何也受到党组织委派，远赴新疆，担任《新疆日报》国际版的编辑。

《新疆日报》的工作人员不多，党员就更少了，只有五六个，而懂新闻工作的人也不多，报社工作的很多重担就落在从小喜欢读书又上过大学的李何肩上。

李何像个永动机一样，从不知道休息，《新疆日报》一半以上的社论都由他负责。除此之外，国际版的大部分稿件也都是他一手写出来的。

工作之余，李何很少娱乐，读书学习就是他的休息方式。

李何是个比较内向的人，可他与同事相处和谐，还乐于和青年人交流，与他们谈心，鼓励他们多读书、多学习，向他们宣讲进步思想。他总是和青年人说："书籍宛如把我们从小溪漩涡中带向广阔生活海洋的船舶，只有博览群书，才能领略知识海洋的无限风光。"

报社里的少数民族编辑们也非常喜欢李何，因为李何从来不拒绝他们在工作上的求助。他博学又有耐心，大家都喜欢他。

没想到，苏德战争爆发后，在新疆辛勤工作了四年的李何与其他共产党人及其家属一起被投机叛变的盛世才抓捕软禁起来了。当时，瞿独伊和妈妈杨之华也在被抓捕的人当中。

瞿独伊就是在那时认识了李何。

大家团结起来和盛世才斗争，抗议他的无端抓捕。同时，他们暗中整顿组织，成立了学习委员会，为长期斗争做准备。

因为学委会成员陈潭秋等三位同志被捕入狱，李何等几位同志接管了学委会。学委会组织大家学习革命理论，告诉大家斗争是尖锐的、复杂的、长期的，但是，无论形势如何变化，革命气节要坚定。

年轻的瞿独伊那时虽然不是党员，但她积极主动地要求参加学习，因为，她要和妈妈杨之华站在一起，要和同志们站在一起，更要和她的好爸爸瞿秋白站在一起。在她心里，早就树立了与他们同样的信仰。

李何被眼前这位坚强的女孩深深打动了。

他不知道，瞿独伊早就注意到学识渊博、气质儒雅、意志坚定的李何了。她悄悄跟妈妈杨之华说，李何像极了她的好爸爸。

其实，杨之华也很欣赏这个心怀远大理想、信仰坚定的革命青年，他的气质和胸怀都很像瞿秋白。不过，她很担心，身体不好的李何却一直承担着繁重的新闻工作，不知疲倦，而这一点也和瞿秋白一样。

终于，在杨之华和狱中同志们的美好祝福下，瞿独伊和李何在这个特殊的地方结了婚，从相识到相知，再到结成伴侣。李何知道从小生活在莫斯科的瞿独伊能说一口流利的俄语，但中文水平却不太好，而他的中文是很优秀的，两人正好可以互相学习，共同进步。于是，身为编辑的李何在结婚第二天就开始教瞿独伊读中国历史书，带着她了解中国历史，提高中文水平。瞿独伊常常笑着喊他"李老师"，而李何在学习俄语的时候，也喊瞿独伊为"瞿老师"。

美好的时光总是那么短暂。

一九四三年，盛世才把软禁的共产党人分别关押在男牢和女牢，李何和瞿独伊被迫分开。狱中的对敌斗争变得更加尖锐险恶。

七月一日，李何在党的生日这天奋笔疾书，写下一封抗议信。那封抗议信言语犀利、义正词严，分明就是讨伐盛世才的檄文。狱中党组织还委托李何根据好不容易弄进监狱的报纸消息，写成时事报道和分析评论文章，在狱中悄悄传递，一方面让大家知晓当前国内外战争形势，商讨狱中对敌斗争的策略，另一方面鼓舞大家的斗志。

四年的牢狱生涯结束后，瞿独伊与李何回到延安，一同被分配到新华社工作。这份工作让瞿独伊非常高兴，因为，她的好爸爸瞿秋白曾经也是记者，而且是最早向中国人描述列宁形象的记者。

曾记得，那是一九二一年，瞿秋白作为北京《晨报》的特派记者，去莫斯科参加俄共第十次代表大会。他不仅向中国人民报道了列宁在会议上的讲话，还在安德莱厅见到了列宁。

虽然在战时，瞿独伊和李何经常随新华社转移到各个地方，但是无论是紧张的后方，还是危险的前线，瞿独伊都积极勇敢地投入到繁忙的工作当中，因为她对祖国的未来充满了向往和希望。

让世界听见中国的声音

    一九四九年二月三日，是令瞿独伊无法忘记的一天，也是北平[①]无法忘记的一天。

    那一天，整个北平显得格外精神、生机勃勃，即便扑面而来的料峭春寒让人们一张嘴就呼出白气，也不妨碍大家激动的心情。一大早，城里的老老少少，都换上自己压箱底的漂亮衣裳，一波波拥到街上，沿着永定门大街、前门大街，你挨着我，我挤着你，热热闹闹地站成两排。

    大家期待着，盼望着，望眼欲穿地等待着那激

[①] 北平是北京的旧称之一。一九四九年九月二十一日，中国人民政治协商会议第一届全体会议通过了中华人民共和国首都设于北平，同时更名为北京的决议。

动人心的一刻——中国人民解放军举行入城仪式。

终于，十点的钟声敲响了，入城仪式开始了。

"看！他们来了！人民解放军来了！"人们远远地看到，人民解放军大部队排着整齐的队伍，迈着坚定的步伐走来了。在雄壮的军乐声中，一列列步兵、炮兵、装甲兵和骑兵从永定门进入，沿着永定门大街、前门大街，浩浩荡荡、威武庄严地向前开进。入城部队由前门向东进入东交民巷，经崇文门内大街、东单、东四、北新桥至太平仓，与另一路从西直门入城的部队会合，再折向南行，经西四、西单、西长安街、和平门、骡马市大街，最后由广安门出城。

大街两旁的人们激动万分地挥动着手里的旗帜，一遍遍高呼着口号，热烈欢迎人民解放军入城。年轻的小伙和姑娘们兴奋地敲锣打鼓，舞动红绸。好多年轻的解放军战士也被热情的人们拉进了舞蹈队伍。

这是多么激动人心的时刻啊！多少年来，大家第一次拥有了如此欢快、如此幸福的感觉。

瞿独伊也难掩心头的激动之情，极致的喜悦令她热泪盈眶。她仿佛看到她的好爸爸——瞿秋白也在进城的队伍里。好爸爸的眼里全是欣慰和喜悦，他是那样神清气爽、气宇轩昂！他高唱着《国际歌》，踏着轻快的步伐向她走来。瞿独伊也不由自主地哼唱起《国际歌》来，重复着好爸爸的曲调。她的视线模糊了，晶莹的泪水无声地流淌下来，可那不是悲伤的眼泪，那眼泪里盛满了革命胜利的澎湃激情和对好爸爸的深深思念。

此刻的北平，无论城南城北、城东城西，大街小巷的每一个角落，都洋溢着欢乐的气氛。

北平从此焕然一新，涅槃重生！

每一天都是新鲜的，每一天都是充满希望的。

在接下来的日子里，瞿独伊和所有人一样，每天愉快地生活，全身心地投入到建设新中国的紧张而有序的工作中。

无论是各行各业的工作者，还是居家的老弱妇孺，他们的脸上一扫往日的愁容，每一个人的眼睛里都闪烁着灿烂的光芒。

大家都在等待下一个神圣而伟大的时刻到来。

十月一日，开国大典的日子终于来临了。

全北京市的工人、学生、市民……各界人士纷纷拥向了天安门广场。大家扛着红旗，挥舞着红绸，天安门广场变成了一片红色的海洋，大地欢声雷动。

这一天，曾经在苏联生活和学习过多年的新闻工作者瞿独伊接到一个重要的任务，她要作为以作家法捷耶夫为团长的苏联文化艺术代表团的翻译，陪同参加开国大典观礼。

瞿独伊和代表团所在的观礼台恰好就靠近天安门城楼，她可以非常清楚地看到毛泽东主席。她一边热情地照顾着代表团的每一位成员，一边准确无误地为他们翻译解说，同时密切关注着天安门城楼上的一举一动。

下午三时许，刚刚就职中华人民共和国中央人民政府主席的毛泽东和朱德两位伟人一前一后，率先登上了天安门城楼。那一刻，瞿独伊激动万分，几乎可以听到自己的心跳声。

"同胞们，中华人民共和国中央人民政府今天成立了!"

毛泽东主席庄严洪亮的声音响彻天空。他亲手按动电钮,第一面五星红旗在天安门广场上冉冉升起。

五十四门礼炮齐鸣二十八响,象征着中国共产党领导全国人民艰苦奋斗二十八年的光辉历程。

开国大典还在进行中,瞿独伊迎来了她人生中最值得骄傲的时刻。

正当她陪同苏联文化艺术代表团的同志们观礼时,廖承志急匆匆地赶了过来,神情急切地跟她说:"独伊,快,跟我走!现在有一个非常重要的任务要交给你!"

虽然不明白是什么任务,但一向把工作摆在第一位的瞿独伊立刻跟随廖承志走下观礼台。在车上,廖承志告诉她,他们现在前往广播电台,要求瞿独伊用俄语广播毛泽东主席的宣言,把新中国成立的消息向全世界传播!

接到这个任务,瞿独伊热泪盈眶,心都要跳出来了。她暗暗下定决心,一定要把这个光荣的任务圆满完成,决不辜负祖国的信任和期望。

到了广播电台,瞿独伊迅速平复了激动不已的心情,调整好呼吸和语速,然后打开留声机,准确无误地把毛主席发布的宣言录了一遍。

作为一名专业的新闻工作者,瞿独伊对待工作的态度严谨、审慎,更何况,这一次的任务是如此严肃而庄重。为了达到最圆满的效果,瞿独伊把刚才的录音打开,仔细听了一遍。

"我觉得还不够好,我们再录一遍!"瞿独伊重新调整好状态,再一次全神贯注地投入到工作中。

终于,播音任务圆满完成了!

瞿独伊的声音流畅又充满激情,她要让全世界听到新中国成立的消息!那一刻,瞿独伊眼含热泪。泪光中,她仿佛看到她的好爸爸瞿秋白正微笑着轻声呼唤着"小独伊",缓缓向她走来。她仿佛又一次听到好爸爸高声唱着《国际歌》。

"好爸爸,您看到了吗?您为之奋斗、为之牺牲的,您理想中的新中国成立了!"后来,瞿独伊在文章中写下了她的回忆:"最激动人心的是毛主席庄严宣布,中华人民共和国中央人民政府今天成立了!那个高兴劲儿是无法用语言来表达的。"

让世界听见中国的声音

火车上的新闻稿

三月的北京，春寒料峭。小草们奋力地钻出泥土，好奇地看着外面精彩的世界。大树的枝条上，星星点点的嫩芽争先恐后地冒出来，好像是夜空里的星子不小心跌落下来。大街小巷热热闹闹的，人们的精气神儿十足，每个人脸上都洋溢着笑容，步履踏实轻快。

瞿独伊和李何站在窗口，深情地凝视着这个全新的国家。此刻，他们的眼里，充满着自豪与眷恋；他们的心中，充满着使命与责任。

房间的门边立着两只皮箱，里面只有简单的衣物与日常用品，皮箱里更多的空间，整齐地摆放着他们从事新闻工作所必需的物品。

明天，他们就要启程，去往遥远的异国他乡，去开启一次特别的旅程，去书写崭新的人生篇章。

这是一九五〇年，新中国成立之初，万象更新，百业待兴。

回顾一九四九年，新中国举行开国大典期间，组织上派瞿独伊担任苏联文化艺术代表团随行翻译，她不仅说的一口流利的俄语，而且在代表团成员的日常接待上表现得非常周到、热情、诚恳。代表团的每一位成员都非常喜爱这位年轻的翻译。开国大典的当天，瞿独伊用俄语广播毛泽东主席的宣言，让全世界听到了新中国成立的消息。

廖承志对瞿独伊的表现十分赞赏，准备推荐她去广播电台当播音员，但是，当时新中国将在苏联筹建第一个驻外新闻机构——新华社莫斯科分社，精通俄语的瞿独伊和李何接到了这个神圣而艰巨的任务，成为新中国第一批驻外记者。

从小生活在苏联的瞿独伊，不仅精通俄语，还因父亲瞿秋白的缘故与许多苏联的革命家熟识，而她的丈夫李何原本就是新华社的优秀记者，派他们去筹建新华社莫斯科分社，无疑是组织上经过深思熟虑后的最佳选择。

瞿独伊深深感受到祖国对他们的信任,更深刻体会到这份责任的重大。他们对未来充满着信心和激情,因为他们将用手中的笔和自己的声音,让世界认识日新月异的新中国,让新中国面向全世界。

瞿独伊永远忘不了她成为新中国第一批驻外记者,写下第一篇新闻稿的情景。

出发的那一刻终于到了。

瞿独伊和李何身披北京初春的气息,踏上了才开通不久的直达莫斯科的国际列车。

那一天,国际列车的车厢里照旧坐满了苏联的乘客。乘客们在车厢里谈笑风生,大家都被冬去春来的勃勃生机感染,车厢里洋溢着一股暖意。突然,其中一节热闹的车厢安静下来。

原来,大家看到两位衣着朴素整洁、笑容满面的中国年轻人拎着行李,走过站台,踏入了车厢。

虽然感到吃惊,但他们都微笑着热情地向走进车厢的两位年轻的中国人点头示意。

这对年轻的中国人就是瞿独伊和李何。

瞿独伊和李何在乘客们的帮助下很快找到了座

位。他们坐下后，便主动用俄语跟大家寒暄问候。听到两位年轻的中国人能说一口流利的俄语，豪爽热情的苏联乘客们非常惊喜，陌生感也在瞬间烟消云散，大家伙儿开始热烈地交谈起来。

瞿独伊好奇地问他们，刚才在车下就听到车厢里热闹非凡，大家兴高采烈地在讨论着什么，气氛特别热烈，是谁家有什么喜事吗？

"对，是喜事，大喜事！今天是我们国家的一个特别的日子，是第三届最高苏维埃代表选举的投票日！你们看到那个箱子了吗？那就是投票箱，是国家专门为我们这些还在旅途中的人设置的。"一位乘客指着前方一个方方正正的箱子兴奋地告诉瞿独伊。

"哦！怪不得这么热闹！独伊，这是多么好的新闻题材，这是多好的采访机会，真是来得早不如赶得巧啊！"李何与瞿独伊当即打开背包，拿出各自的笔记本。他们敏感地意识到，作为驻外记者，他们的工作从这一刻就已经开始了。

对于当时百废待兴的中国来说，苏联选举苏维埃代表绝对是件新鲜事，更是新闻报道的好题材。

瞿独伊和李何打开笔记本，拿出身份证明，告诉在座的乘客们，他们是即将成立的中国新华社驻莫斯科分社的记者，也将前往莫斯科。今天，他们真替苏联人民感到高兴，也非常希望能就这次的最高苏维埃代表选举做一个详细的采访和报道。他们想把这个喜讯告诉给全中国的人民，全中国的人民也会为此而喜悦的。

瞿独伊和李何的真诚，打动了车厢里的苏联乘客，经过请示，他们的请求得到了批准。瞿独伊和李何马上分工协作，迅速进入到工作状态。瞿独伊的俄语非常好，就由她向大家提问，李何负责补充与记录。

大家都非常喜欢这对彬彬有礼而且还会讲俄语的中国年轻人。尤其是听说瞿独伊是在莫斯科长大的，就感觉更加亲切了。

乘客们不仅详细地回答了瞿独伊的问题，还主动热情地向他们介绍了最高苏维埃代表选举的来龙去脉。大家你一言我一语地讲解、回答、补充，车厢里充满了欢声笑语。

此时，列车外纷纷扬扬地飘起零星小雪，车厢里的瞿独伊和李何，却真真切切地感受到春日暖阳般的温情。

采访顺利结束后，瞿独伊和李何分头整理好采访内容，再由李何迅速编写出一篇精彩生动的新闻稿。

新闻稿写好了，如何向祖国发送呢？

瞿独伊和李何不由自主地同时望向窗外，广袤的田野在春风中渐渐苏醒，沿途树木的枝条上发出颗颗新芽，远处的农民正扛着农具走进田野……眼前的一切都是那样欣欣向荣。

他们多么希望列车能行驶得快一些、再快一些，好让他们早一点儿到达莫斯科，好让他们把这篇新闻稿在最短的时间内传递回中国。

"你们在担心什么？我们的列车上可以快递邮件。"热情的苏联乘客猜出了刚刚还很活跃的中国年轻人突然间沉默不语的原因。他们愿意给这对善良热情的中国年轻人提供一切帮助。

瞿独伊和李何惊喜不已，他们来不及说更多感谢的话，就再次投入到工作中。

他们在苏联工作人员的协助下，利用列车上快递邮件的设备，及时向国内发回了第一篇意外获得的新闻稿。

这篇新闻稿很快就被国内各大报刊争相发表，苏联选举最高苏维埃代表的新闻在国内引起了很大反响。

瞿独伊和李何作为新华社驻外记者的第一次采访，写的第一篇新闻稿，是他俩在闲暇时常常聊起来的趣事，更是他们终生难忘的经历。

"八大员"

一九四一年,瞿独伊和妈妈离开莫斯科,踏上回国的旅程时,她的心情是难以抑制的激动。而今天,马上就要再一次踏上莫斯科的土地,瞿独伊的心情也是激动不已。

再一次远离故土,远离她千辛万苦才抵达的祖国,她不舍。再一次来到她成长的地方,去触摸她童年和青少年的记忆,触摸她的好爸爸和妈妈曾经工作生活过的痕迹,她期待。

时间在火车的哐当声中飞速流逝,当莫斯科越来越近的时候,瞿独伊的眼里闪烁着泪光。李何仿佛洞悉了瞿独伊的心思,他微笑着,出其不意地拿出一个小布袋,递给瞿独伊。

"这是什么？"瞿独伊诧异地问。可是李何却笑而不答，像一个顽皮的男生。

整日忙于工作，根本无暇休息的李何，极少有这样轻松快活的神态和举止，瞿独伊的心情一下明朗起来。她接过布袋，那布袋沉沉的、软软的，散发着一阵阵熟悉的芬芳。

"是泥土！是中国的泥土！"瞿独伊打开布袋，高兴得差点落泪了。她没想到，李何会给她这样一个大大的惊喜。

一九五〇年三月十六日，列车停靠在莫斯科，一路颠簸劳碌的瞿独伊和李何终于到达了他们新工作的地点。站在莫斯科的土地上，望着熟悉又陌生的莫斯科街景和街道上来来往往的车辆与行人，瞿独伊深深地感受到未来肩上责任的重大。

瞿独伊和李何第一时间来到中国驻苏大使馆，迎接他们的是首任外交大使王稼祥夫妇和大使馆武官吉合夫妇——这都是他们在延安时的老朋友。在异国他乡与老友重逢的喜悦，让瞿独伊和李何的心里充满了兴奋、激动和安心，也瞬间消除了他们长途跋涉的疲倦。

"八大员"

更让他们感动的是，中国驻苏大使馆已事先在位于莫斯科市中心地段，帮他们代租了一套不大的房子。

新的工作、新的生活即将开始，瞿独伊与李何几乎没有休整，就全心投入到莫斯科分社的创建中，并且逐步开展工作。

万事开头难，但只要肯登攀，世上无难事。

瞿独伊和李何去苏联外交部办理筹建新华社驻莫斯科分社的各种手续和证件时，得到了工作人员的热心帮助。不仅如此，工作人员还主动替他们与苏联官方通讯社进行了沟通和联系，因为他们知道建设新华社莫斯科分社的不易。

新华社莫斯科分社的工作任务是向国内介绍苏联人民的生活和苏联建设的具体经验，报道一些与中国相关的新闻，翻译一些权威性理论文章。

李何学识渊博，文采斐然，但他的俄语是在新疆工作时自学的，阅读还说得过去，听力和口语就不太行了；而瞿独伊虽然中文水平算不上优秀，但她的俄语水平是一流的。所以，新闻稿基本由李何负责，瞿独伊成为李何的得力助手，主要负责翻译和处理工作生活上的琐事。瞿独伊与李何一起工作，可以说是珠联璧合、相得益彰。

为了筹建好新华社莫斯科分社，瞿独伊和李何每天只有四五个小时的睡眠时间，其余的时间几乎全都用在了工作上。

当时新中国刚刚成立，百业待兴，全国上下都在倡导精简节约，瞿独伊和李何正在筹建的新华社驻莫斯科分社也不例外，无论经费还是编制都非常有限，整个分社只有他们两个人，也没有配备汽车。为了节约经费，他们给自己规定了外出活动的方式，近一点儿的地方就步行前往，远一点儿的地方就搭乘公共汽车。

他们那套既当住房又当工作室的房子不大，只有两个小房间、一个小厨房和一个厕所。简朴是瞿独伊和李何一贯的生活习惯。他们房里的家具不是从大使馆暂借的，就是他们货比三家一件件从商店里淘回来的。

因为人手少，他们的工作和生活几乎糅在一起了，每日必需的餐食问题只能是见缝插针地解决。在莫斯科分社，瞿独伊和李何都是身兼数职，多重身份，既当记者、通讯员，又当翻译、译电员、打字员，甚至还当会计员、炊事员、采购员。反正缺什么角色，就充当什么角色。

那天深夜，月凉如水，寒星闪烁，四周静悄悄的，仿佛整个莫斯科都进入了梦乡。忙碌了一整天的瞿独伊和李何终于可以坐下来，喝一杯茶。他们一边梳理着白天的工作，一边计划着第二天的事情。

瞿独伊突然笑起来："李何，你瞧，咱俩都成全能选手了，咱们是'八大员'！"

"什么'八大员'？"李何疑惑地望着看起来虽然疲惫不堪却依然笑容满面的瞿独伊。

"就是记者、通讯员、翻译、译电员、打字员、会计员、炊事员、采购员呀！这'八大员'，咱们可以随意变换。"瞿独伊的轻言笑语在他们小小的房间回旋，日间工作的疲惫也在笑声中烟消云散。

在暴雨中前行

"今天天气真好!我们今天是要去拜访新闻司司长,对吗?"一大早,瞿独伊打开窗户,窗外繁茂葱郁的大树上,鸟儿在欢唱,灿烂明媚的阳光哗啦一下涌进了小屋。

此时的李何,早已坐在桌前整理着头天晚上起草的新闻稿。

忙碌的一天开始了。

苏联外交部距离新华社莫斯科分社有些远,瞿独伊和李何决定早一点儿出发,因为他们离公共汽车站也有点距离,而且到站后,还得步行一段路才能到达外交部。

匆匆吃完简单的早餐,整理好要送到苏联外交部新闻司的材料，瞿独伊和李何就出门了。

走在莫斯科的街道上，瞿独伊感到亲切又熟悉。这里承载着她多少童年和青少年的记忆！她甚至奢望能有一个奇迹发生——在拥挤的人群里看见好爸爸的身影。

他们走到车站等了一会儿，公共汽车就来了。

坐在车上，瞿独伊和李何不约而同望向车窗外，他们看着这座欣欣向荣的城市，看着城市里热情又大方的民众，心里涌起一阵阵感动，他们想到了建设中的祖国，想到了建设祖国的人民，不也是眼前这样的景象吗？

"李何，要下雨了！我们没带伞。"瞿独伊打断了李何的思绪，她发现刚才明明晴好的天，突然间乌云密布，毫无疑问，一场大雨将至。

果然，话音刚落，豆大的雨点落下来，打在车窗上噼里啪啦地响。不一会儿，雨雾弥漫，车窗外的街景已经模糊不清。

李何看着窗外的雨，也无可奈何地笑了。他们和新闻司司长约好了时间不能迟到的。

很快，车到站了。

瞿独伊和李何下了车，李何把材料塞进衣服里，双手护在胸前，两个人冲进大雨中，向苏联外交部跑去。

从车站到外交部的距离实在是不近。当他们跑到大楼时，已经被淋成落汤鸡了。

当他俩见到新闻司司长时，司长被他们浑身湿透的狼狈样子惊呆了。他既感动又费解，没想到瞿独伊和李何这两位中国记者会冒着这么大的雨，亲自跑来送材料。

"下次再有这样的情况，你们可以写信，或者让司机送过来，让通讯员送来也行的。你们不必亲自来送的。"新闻司司长真诚地说。他不知道，新华社莫斯科分社所有的角色都是由瞿独伊和李何两人承担的，而且，他们目前不仅没有汽车，连自行车也没有。

"没事的，我们也正好有事要和司长商议。"瞿独伊和李何一边用司长递给他们的干毛巾擦拭雨水，一边笑着回答。

那时，瞿独伊和李何从莫斯科向国内发新闻

98　中华先锋人物故事汇　瞿独伊

稿，都必须先向苏联外交部新闻司提交申请，把写好的新闻稿翻译成俄文，送到苏联新闻检查处审阅，从提交申请到审批通过，再向国内发稿，一个完整的流程走下来，要花费不少时间和精力。时间对于瞿独伊和李何来说，实在太宝贵了。

为了节约时间、节省精力，他们和苏联有关部门多次沟通，终于达成了一致的意见。苏联方面安排一个懂中文的干部去新华社莫斯科分社，专门负责审核新闻稿的工作，只不过费用相当高。向国内发稿或发送文件，苏联方面也有规定，只要发文，都要以电报形式发出，新闻稿是三十戈比[①]一个字，业务来往的电报更贵，一个字要二点五卢布，而且，不可以随发随付，得先在电报局账户上预存一笔钱，以供最后的结算。有时遇到紧急事，要电话与新华社总社联系，电话费也是一笔不小的数目，通话一分钟要十四卢布。而这一项也要求先在电报局开户存进一笔钱，以供结算用。

有时他们需要寄发航空挂号信，寄信的手续也

---

① 戈比是苏联时期用的一种辅助货币，今俄罗斯等国仍在使用。

是一样的烦琐复杂，先由大使馆的译电员把文稿译成电码，再用打字机打出。一来二去，仅一条电讯稿，经常要折腾几个小时才能完成，而且每封信的邮费要二点四卢布。所以，瞿独伊和李何就把要汇报的情况和报道的方针一样一样整理好，争取每月只邮一封信。

为了节约费用，李何、瞿独伊总是精打细算。他们常常会对文稿反复推敲，力求简明扼要，尽量做到少花钱，多办事。

一九五五年，中国取消了供给制，中国驻苏大使馆党委按照中央规定，要给在苏联工作的人员定级定薪。

"我们生活开支不大，还能应付。国家现在还很困难，我们节省一点儿是一点儿，我建议我的工资减少四百卢布。"李何主动向大使馆党委提出降薪。

"是的，祖国正在建设中，我们应该为国家排忧解难，而不是增加负担。我们的收入能维持基本生活就行。我的能力不如李何，我建议我的工资减少七百卢布。"瞿独伊几乎同时与李何说出了同样的话。

因为这一次的职称定得太低，瞿独伊和李何后来的工资也基本没再涨过。

但这件事从来没有成为他们心中的遗憾，而且，他们平日写了文章在国外报刊发表，大部分稿费也都作为党费上交了。

后来，确实因为工作需要，国家给莫斯科分社配备了一辆小汽车。他们再外出办事的时候，就可以要求派车，这样一来，就节约了不少时间和精力。

不过，他们也从来不会为了私事申请使用汽车。

有一次，瞿独伊要到莫斯科郊区的农学院参加培训，那个地方没有公交车，步行更是行不通，而且，她参加培训也不是私事，按规定是可以用车负责接送。可是，她每次都坚持自己出汽油费。

瞿独伊和李何在苏联看病甚至住院，所用的医疗费都是自己付的，而外国公民的住院费用比苏联公民要高出三四倍，同志们告诉她按规定住院费是可以报销的，可瞿独伊却从未这样做过。

"我们自己生病住院，怎么能让国家负担呢？"

每每提及此事，瞿独伊总是笑着摇头说。

микробная工资加上小部分的稿费，支撑着瞿独伊和李何在莫斯科的一切生活。但他们还是尽量节省开支，省下钱来购置分社所需的收音机、照相机和电视机。

"看，我们的分社现在已经小有规模了，以后再有同事调来，可要省时省力多了。"李何看着分社里的新购置回来的设备，开心地说。

"是啊，这一切真好！"瞿独伊给李何端来一杯茶，欣慰地环视着他们一步步建设起来的新华社莫斯科分社——这间不大的工作室。

忘我地工作

> 伟大的事业是根源于坚韧不断地工作,以全副精神去从事,不避艰苦。
>
> ——罗素

已经步入正轨的新华社莫斯科分社的工作日益繁忙,废寝忘食几乎成了瞿独伊与李何工作的常态。

新中国成立之初,国家领导人常出访苏联。国家领导人访苏时,都是由瞿独伊担任随行翻译。为了搞好国家建设,国内各行各业的代表团也纷至沓来,到苏联参观学习。每当国内代表团到来,中国驻苏大使馆就得派翻译人员随团接待,因为代表团不仅参观访问，中苏双方还有座谈会等一系列活动。可是，当时也处于初建阶段的大使馆里翻译人员很少，大使馆就不得不再次抽调瞿独伊去接待代表团，并担任随团翻译。

瞿独伊经常被借调出去工作，一去就是好几天。新华社莫斯科分社的所有工作就只能由李何一个人来承担了。这让本就极少休息的李何更加繁忙，忙到常常忘记吃饭。

当瞿独伊结束随团接待和翻译的工作，回到莫斯科分社时，看到李何明显瘦了一大圈。

"独伊，你不在的时候，我连一顿正经的饭都吃不上。"看到瞿独伊回来，正伏案工作的李何从书桌前站起来，非常高兴。

"今天就能吃上好饭了，'炊事员'回来了。我还特意给你带回了好吃的，犒劳犒劳你。"瞿独伊笑着安慰李何，马上放下手里的行李和工作材料，去给李何做饭。

在那个年代，苏联针对外国记者实施着一套极其严格的采访制度，即使对邦交友好的中国也不例外。

瞿独伊和李何创建新华社莫斯科分社时，他们必须遵守规定，只能在莫斯科周围五十公里以内的地方进行采访活动，而且，所有对苏联人的采访，都要事先向苏联外交部新闻司申请，得到批准后才可以进行。采访之后，发往中国的稿件，都要译成俄文先送到苏联新闻检查处审批。

这些规定不仅限制了瞿独伊和李何的工作范围，增加了他们的工作难度，还耗费了他们很多宝贵时间。他们和大使馆多次商讨，希望能找到一个解决问题的办法。

一九五二年五月，中国农业代表团出访苏联。这一次的代表团有些不同，成员除农业部的负责人以外，还有一些农业劳动模范。

苏联政府对外国代表团的人数和参观地点，也是有种种限制和规定的，不过，在管理上就不像对新闻记者那么严苛。

李何、瞿独伊一直就很想把中国代表团访苏的新闻，向国内人民做一个详细的报道，但是始终受制于苏联政府的各种规定。这次农业代表团来访，他们很想把握住机会。

代表团一到，瞿独伊和李何马上去跟农业代表团的领导见面，汇报了新华社莫斯科分社的情况和他们的想法，代表团的领导非常赞同。他们反复商议，终于找到一个行之有效又不违反苏联方面规定的办法：让瞿独伊和李何进入代表团，让他们以代表团成员的身份一起出行。李何担任代表团秘书，瞿独伊担任随行翻译。这样一来，他们随代表团赴苏联各地参观访问的问题就圆满解决了。

代表团参观访问的行程很快就开始了，为了让李何能专心从事记者的工作，集中精力收集和记录这一次参观访问的相关资料，尽快出新闻稿，瞿独伊把代表团的秘书和翻译的工作全部承担下来。

李何与瞿独伊在代表团里的工作，担子很重，但他们一心只想圆满完成任务，哪怕是连轴转。

有一次，代表团到了一个地区，正遇到那两天天气酷热，室外最高气温达到三十九摄氏度，列车里就更加闷热了。那时的列车可没有空调，连电扇都没有，人坐在车里气都透不过来。每当列车到站，大家就会赶紧下车找个凉快的地方休息一下，可是李何为了及时赶出新闻稿，根本顾不上乘凉，车一停，他就赶紧下车，跑到站台上，蹲在有遮挡的水泥台阶上，屈起双腿，把膝盖当桌子，埋头写稿。

李何在十九岁时就患了心脏病，医生曾叮嘱过他，不可以从事辛苦的工作，可他从来没有把自己的病痛放在心上。这次随团出访，紧张的工作、旅途的奔波，让身体虚弱又劳累过度的李何，在随访途中突然晕倒了。

代表团成员赶紧帮着瞿独伊把李何送回房间休息，大家竭力建议瞿独伊陪李何在当地医院住院治疗一段时间。可是清醒过来的李何却笑着说："我没事，休息一下就好了，不要影响了代表团的行程。我的身体我知道，大家放心吧！"

看到脸色苍白的李何倔强地强撑着，瞿独伊心里充满了担忧，但她比谁都了解李何，她知道李何是不会放下手中的工作去休养的。

"他说没事就一定没事的。我在这里照顾他一下。不过，会耽误一点儿时间，抱歉了。"瞿独伊的话打消了代表团成员的担心。

李何和瞿独伊这份忘我工作的精神，让代表团所有成员都感动不已，更敬佩不已。

这一次瞿独伊和李何与农业代表团配合得非常默契，参观采访也非常成功。新闻稿及时发回了国内，各大媒体争相转发，让国内广大人民群众都了解了苏联劳动人民的日常生活景象，学习了他们在农业生产方面的先进经验。

这次之后，当中国青年代表团、中华全国总工会代表团来苏参观访问时，瞿独伊和李何就将随农业代表团参观采访的工作方法继续沿用下来。代表团秘书、翻译的任务完成了，新华社记者的采访工作也解决了，不仅出了很多精彩的新闻报道，还没有违反苏联的相关法规。

随着国内访问苏联的代表团日渐增多，瞿独伊和李何发回国内的新闻稿也越来越多，工作压力也越来越大。

一九五四年夏秋时节，李何被调到《人民日报》社任职驻苏联记者。他的采访范围扩大了许多，采访机会也多了许多，不过，他肩上的担子就更重了。那时候，李何奔波的身影经常出现在苏联各地，从城市到农村，从工厂到学校。他发回国内的新闻报道客观真实、绘声绘色。

每次李何采访回来，瞿独伊都帮他整理材料、整理笔记，去图书馆把需要的资料抄写下来，翻译整理好带回去。

瞿独伊始终能完美地配合和支持李何的工作，把她能做的所有事情都处理得妥妥帖帖。

在低谷中昂着头

一九五七年的新华社莫斯科分社，已经与初建时大不一样。不仅工作人员增加了四个，社里还配备了一大一小两辆车，各类通信器材也比之前齐全多了，工作效率明显提高了许多。

看着逐渐发展壮大起来的新华社莫斯科分社，瞿独伊和李何无比欣慰。

而这一年，瞿独伊却因工作需要，不得已回国，离开她工作了七年的新华社莫斯科分社，调入中国农业科学院。

"看看我们分社现在的规模，这些年付出多少艰辛都是值得的。"离开的那天，李何拎着皮箱，和瞿独伊站在莫斯科分社楼前。

"是啊！值得的！真想再多待一会儿。"瞿独伊凝神望着这个他们一手创建起来的新华社莫斯科分社。她不知道这一次离开，哪一天能再回来。此刻，她只想多看一眼，再多看一眼。

可是，离别的时间仿佛来得格外迅速。再耽搁下去，火车就要开了，李何送瞿独伊匆匆赶到了火车站。

"独伊，你回国后要赶快适应新的工作环境，好好开始新的工作。我在这里会好好的，不要担心。"李何握着瞿独伊伸出车窗的手，依依不舍地说。

"你放心，我会的。我不在你身边，你一定要好好照顾自己，要按时吃饭，要记得休息。"瞿独伊紧紧握着李何的手，千叮咛万嘱咐。

回国后，瞿独伊来到了新单位——农科院情报所，不久，又调入农科院作物育种栽培研究所，在那里担任生理生化室副主任，主要负责翻译俄语资料。

农科院的同事们得知新来的同事是瞿秋白的女儿，都对她心生敬意，而瞿独伊却从不因此觉得自己身份特殊，她和同事们相处非常融洽。

在瞿独伊与李何分开的第二年春天，李何就奉命调回了《人民日报》社国际部，担任副主任。

李何工作起来还是一如既往的勤恳，常常废寝忘食，完全不顾及自己病重的身体。但瞿独伊安心了许多，毕竟李何回到了国内，在她身边，她就可以在工作之余，尽心去照顾他。

可是，李何的身体常年处于透支状态，就算瞿独伊再细心地照顾，也无法让整日忘我工作的李何恢复健康。就在他回国后的第五年，一九六二年的夏天，四十四岁的李何心脏病急剧恶化，不幸去世。

李何的病逝，对瞿独伊来说，是一个无比沉重的打击。这个打击让她在很长一段时间里，以泪洗面，茶饭不思，夜不能寐，几乎倒下。

少年时的瞿独伊在得知好爸爸瞿秋白牺牲时，悲痛得不能自已。没想到，时隔二十多年，她又一次承受了同样的哀恸。

半年过去了，瞿独伊依然无法相信，曾经是她的狱友，后来又与她是战友、同事的李何——她的爱人，永远离开了她。

每当瞿独伊想起李何，她就想到父亲瞿秋白在《儿时》中写的话："本来，生命只有一次，对于谁都是宝贵的。但是，假使他的生命溶化在大众的里面，假使他天天在为这世界干些什么，那么，他总在生长，虽然衰老病死仍旧是逃避不了，然而他的事业——大众的事业是不死的，他会领略到'永久的青年'。"

在瞿独伊的心目中，李何就是这样一个"永久的青年"！

为了缓解悲伤，瞿独伊拼命工作，不让自己有一丝空闲。繁忙让她充实，劳累让她疲乏，忘我地投入工作，使她无暇去想念李何，无暇去悲痛。

有句古话说："屋漏偏逢连夜雨，船迟又遇打头风。"李何去世的伤痛尚未愈合，又一个猝不及防的晴天霹雳在瞿独伊的头顶炸响——她的儿子李克林，一个风华正茂的大学生，在学校突发重病，不幸去世。

李克林是一个非常优秀的青年。他从不在同学面前提及家庭和背景。他不仅学习优异，还是个百发百中的"神枪手",为人极其谦和自律,对待同学更是平和友爱。李克林的突然病逝,让他的同学们都震惊不已、痛惜不已。

爱子的突然离世,让还沉浸在李何去世的伤痛中没有走出来的瞿独伊心如刀割。可即使是在这样万分悲痛的时刻,她依然清醒明确地告诉学校:"不要开追悼会,现在正是期末迎考的关键时刻,千万不要影响了同学们复习功课,不要让克林的事情增添同学们紧张不安的情绪。一切从简就好!"

接二连三的打击,让生性活泼乐观的瞿独伊沉默了好长时间。而所有这些悲伤,瞿独伊都咬牙扛起来,从没有影响到她的工作。她的心中永远有希望和光亮。

那些年,瞿独伊的妈妈杨之华也一直重病缠身。瞿独伊非常担忧,她真的不愿意再次失去亲人。

可是,事与愿违。一九七三年的秋天,妈妈还是因病医治无效,永远地离开了瞿独伊。

"永别了,妈妈!您是我的狱友,是我的同志,但是对于我来说,您最重要的身份,就是我的妈妈！永别了，我的好爸爸！永别了，李何！永别了，我亲爱的儿子！"

北京的秋日，天高云淡，冷风习习。送别了妈妈杨之华，瞿独伊独自凭窗而立。往事像电影一样，一幕一幕在眼前闪现。

寒雪梅中尽，春风柳上归。

时光荏苒，如白驹过隙，一晃就到了一九七八年。

这一年，瞿独伊重新回到了她久别的新华社。在新华社国际新闻编辑部俄文组担任编辑，负责核对发文稿，翻译俄文。

精通俄文的瞿独伊一到俄文组，就给那里增添了更多的活力。

时年五十七岁的瞿独伊，对工作依旧是一腔热情，认真、严谨、一丝不苟，对同事还是一如既往的和蔼、耐心。不管是哪位同事在俄语方面遇到不明白的问题，她都会上前详细地讲解，从不急躁。

回国后的这些年，瞿独伊不仅积极参与了中共中央编译局《毛泽东选集》中译俄校对工作，之后，还全力搜集整理了她的好爸爸瞿秋白的文稿和资料，参与《瞿秋白文集》的编辑出版工作。

瞿独伊是那么热爱新华社的工作，热爱和她一起工作的同事。单位里的同事们都喜欢亲切地喊她"独伊"，她也总是微笑着答应。

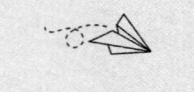

随着音乐起舞

莫道桑榆晚,为霞尚满天。

重新回到新华社工作的瞿独伊,感觉自己的生命再一次焕发了青春的活力。她对工作和生活的热情感染了身边的每一个人。

她爱说爱笑爱唱歌,唯独不向人提及自己的身份、背景和经历。社里的年轻同事常常按捺不住心中的好奇,在工作之余,跑到她身边问:"独伊老师,您能和我们谈谈您的那些光荣故事吗?听说您很小的时候就参加革命了?"

"我很普通呀!我就是一个普普通通的共产党员,做着我应该做的事。我最幸运的是,我和中国共产党同龄!对了,你们手上的俄文资料,还有什么地方不明白的？我再给你们讲讲吧。"瞿独伊总是这样微笑着回答。

瞿独伊当年的一位同事永远都不会忘记那个阳光明媚的午后。

那一天，天气晴好，大家的心情也和那天的天气一样明朗，唯有他一直闷闷不乐地坐在桌前，面色凝重，就像要下大雨一样阴沉沉的。

细心的瞿独伊发现了独自郁闷的他，以为他生病了，赶紧走到他面前询问："你怎么了？不舒服吗？是不是上夜班，没有休息好？"

"不是！我……我家里人天天催我结婚，说我再不结婚就要老了，我对象也催，说如果再不结婚就要和我分手。可是，我一直住在夜班宿舍里，在北京没有自己的房子，我上哪儿去结婚呀！"他看到走过来的是瞿独伊，立刻把一肚子的苦水都倒了出来。

在所有同事的心目中，瞿独伊就是他们最热心的同事、最耐心的老师、最知心的姐姐。

"哦！原来是这样啊！"瞿独伊沉吟了一下，突然开心地拍了下手，爽朗地笑起来。

"这个问题很好解决呀！不如你干脆搬到我家里好了，反正我是一个人住，家里有多的房间。你们就在我那里举行婚礼，在你找到住房之前，就住我那里。你觉得怎么样？你家人说得对，再不结婚，你就老了！"

他吃惊地睁大了眼睛，百感交集。他怎么都想不到，瞿独伊会这样帮他解决问题。

"独伊老师，大恩不言谢！"此时此刻，除了能说出这句话，他已经语塞了！

旁边的同事听到动静，都围了过来，欢欢喜喜、热热闹闹地预先向他表示祝贺。那是他永远也无法忘怀的婚礼，那一段借住在瞿独伊家的日子，更是他此生铭记的生活经历。

光阴似箭，一转眼就到了一九八二年。

瞿独伊迎来了她离休的日子。不再早出晚归，不再整日伏案工作，瞿独伊开启了另一种丰富多彩的别样人生。

离休后的瞿独伊在坚持做一些她热爱的翻译工作之余，将运动、国画、钢琴、跳舞……都一一排进了日程中。

瞿独伊喜欢打台球，初学时上手就特别快。虽然她已是花甲之年，却依然思维敏捷、反应迅速。在打台球时，她利落的手法常常令对手和观众惊叹不已。她的书架上，还摆着好几个台球比赛的奖杯和证书。

适度运动之后，瞿独伊也喜欢安静地待在家中。在她家那间向阳的房间里，摆放着一架深红色的钢琴。每当灿烂的阳光透过窗户，洒落在钢琴上，瞿独伊总会坐在钢琴前弹奏一曲。清脆悠扬的琴声在房间里环绕，又飞出窗外，飞向蓝天。

瞿独伊仿佛是在用琴声娓娓地诉说着她对亲人绵长的思念、对往事悠长的怀恋。

在这些多姿多彩的活动中，唱歌跳舞是瞿独伊的最爱。

离休后，瞿独伊每年都会和莫斯科国际儿童院的伙伴们相聚。相聚的时光是欢畅的，伙伴们在一起常常用俄语交流，就好像又回到了童年、少年的时光。

"深夜花园里四处静悄悄，树叶也不再沙沙响；夜色多么好，令人心神往，多么幽静的晚上……"聊到开心时，瞿独伊会突然唱起歌来。只要她一起头，大家就跟着和唱。只要歌声一起，瞿独伊就情不自禁地跳起舞来。

瞿独伊的体态优雅，舞姿非常柔美。她常常会有点小得意地笑着说："我没有正规学过舞蹈，但我跳舞还是很有天分的。我喜欢跳舞，只要音乐响起，我就要跳舞。跳舞能忘记忧愁。"

因为舞跳得出色，瞿独伊在北京中老年交谊舞比赛中获得了老年组第一名，在新华社举办的活动中也获得了冠军。

瞿独伊是新华社侨联的会员，侨联的每一次活动，无论是联欢还是春游秋游，她都会积极参加。每回联欢会上，大家最爱说的一句就是："独伊，跳一个！"

瞿独伊从来不怯场，总是大大方方地上场，跳一段独舞。在一次联欢会上，她在舞蹈中展示了一个"金鸡独立"的动作。而当时，她已经是八十多岁的高龄了。在场的同志们都惊呆了，大家一边替

随着音乐起舞

她担心，一边为她喝彩！

瞿独伊热爱跳舞，甚至在和大家一起外出游玩聊到开心时，就翩翩起舞。她的活泼和热情，感染着和她一样离退休的同志们，谁都喜欢和她在一起，仿佛青春又回来了。

二〇一一年，开国元勋后代合唱团成立一周年的庆典上，时年九十岁的瞿独伊，跳了一段新疆舞，又唱了一首俄罗斯歌曲。

在舞蹈和歌声中，瞿独伊恍惚间回到了一九二八年六月莫斯科郊外的中共六大会场。她仿佛看到，会议间隙，六岁的自己正在那些参会的叔叔阿姨面前表演歌舞。她仿佛看到好爸爸瞿秋白慈爱的眼神，看到妈妈杨之华欣慰的微笑。

瞿独伊离休后的生活过得充实而精彩，她的心依然牵挂着党和国家，牵挂着新华社。

二〇一六年，为了庆祝中国共产党成立九十五周年，新华社拍摄了微电影《红色气质》。作为新华社首任驻外记者、瞿秋白唯一的女儿、中国共产党的同龄人，瞿独伊带病参加了拍摄。她再次含泪唱起父亲瞿秋白翻译的《国际歌》。泪光中，她隐约看到她的好爸爸正高唱着《国际歌》走向刑场。

二〇一八年，新华社又制作推出了《国家相册》清明特别节目——微纪录片《天地英雄气》。瞿独伊再次以九十七岁的高龄，应邀参加了拍摄。

瞿独伊说，她并不想常常回忆往事，因为，往事里有很多伤痛。但是，她还是要谈起往事，因为，她更希望后代能了解历史。

永远的旋律——《国际歌》

初夏的午后，阳光明媚夺目，花开得正艳，草木翠绿欲滴，鸟儿的鸣唱似乎格外的清脆悦耳。玻璃窗推开了一扇，微风轻轻吹进来，低垂的白色纱帘随风摆动着，像少女柔媚的舞姿。

女儿李晓云去送前来探望的同志们，热闹的房间顿时安静下来。

瞿独伊静静地靠在床边，手里还捧着一本翻开的旧相册，出神地望向窗外。

中共中央组织部的同志方才握住她的手激动地说的那番话，言犹在耳。党和国家将在党的百年诞辰之际授予她"七一勋章"！

"我怎么担得起这份荣誉啊！感谢党！"此刻，

瞿独伊的内心激情澎湃。作为党的同龄人,她自幼受父母的影响,接受共产主义教育,是党的百年奋斗史的见证者。

"这是最后的斗争,团结起来,到明天,英特纳雄耐尔就一定要实现!"瞿独伊不由自主地小声哼唱起这首陪伴了她一生的歌曲,她的好爸爸瞿秋白最先翻译成中文的《国际歌》,也是她一生中最爱的旋律。

翻开的旧相册里是一张瞿秋白的照片,清瘦文雅,目光如炬。"我始终不知道,儒雅的书生和壮烈的革命者,哪一个才是我的父亲。"瞿独伊摩挲着相册上瞿秋白的相片,喃喃自语。她的眼里盈满了泪水:"好爸爸,您看到我了吗?今天的这份珍贵的荣誉是属于您的。好爸爸,我一直在替您看着这个美丽的世界,它正如您期盼的那样!"

一切新的,斗争的,勇敢的都在前进。那么好的花朵,果子,那么清秀的山和水,那么雄伟的工厂和烟囱,月亮的光似乎也比从前更光明了。

瞿独伊的思绪被扑面而来的清风带到了几十年前,她的好爸爸正迈着坚定的步伐,微笑着向她走来。

"妈妈,您休息一下吧。明天,您有很重要的事情呢!"女儿李晓云进来了,瞿独伊轻轻擦去眼泪,收回了思绪。

是啊!明天就是党的百年诞辰,女儿李晓云要代她去人民大会堂参加"七一勋章"的颁授仪式。她期待着珍藏那枚光荣的勋章,期待着把那枚勋章献给她的好爸爸瞿秋白。

这一天,瞿独伊感觉到夏日的白天确实无比悠长。终于到了傍晚,晚霞铺了满天,绯红一片。窗外的大树上,鸣蝉还在高唱,鸟儿已经归巢。夜幕降临时夏虫的吟唱,仿佛是在应和着瞿独伊心中《国际歌》的旋律。

又一个清晨来临,活泼灿烂的阳光跳跃到窗台上,掀开窗纱落到房间里。瞿独伊坐起来,满怀着喜悦,不时望向门外。

"妈妈,我回来了!"女儿李晓云激动的声音在门外响起。她捧着一个红绸包着的盒子快步走了进来。李晓云在瞿独伊床边坐下，小心翼翼地打开红绸布，又打开盒子，一枚闪亮的勋章安放在盒子中央。

瞿独伊抬起手，抚摸着勋章，她真切地感受着这份沉甸甸的荣誉，这是党的信任，是肯定，是嘉许，是铭记。

"妈妈，我帮您戴上。"李晓云拿起勋章，轻轻地挂在瞿独伊的胸前。

"这是最后的斗争，团结起来，到明天，英特纳雄耐尔就一定要实现！"瞿独伊把勋章贴在心口，情不自禁地哼唱着《国际歌》。

此刻，她只想用这首歌来表达此时的心情。

恍惚中，她再次看到了她的好爸爸瞿秋白站在苍松翠柏环绕的罗汉岭下，面对敌人黑洞洞的枪口，神色坦然而坚毅地说："此地甚好！"；

她看到了妈妈杨之华在监狱中大义凛然地斥责敌人；

她看到李何不顾病重的身体，夜以继日地工作；

她看到了千千万万个在革命道路上前赴后继的

永远的旋律——《国际歌》 131

同志；

　　她看到了欣欣向荣的祖国；

　　……

　　她看到了中国共产党百年来的光辉历程。